Roberto Mercadini

Storia perfetta dell'errore

narrativa

Pubblicato per

da Mondadori Libri S.p.A.
Proprietà letteraria riservata
© 2018 Mondadori Libri S.p.A., Milano

ISBN 978-88-17-14350-9

Prima edizione Rizzoli: 2018
Prima edizione BUR: 2019
Quinta edizione BUR Narrativa: ottobre 2020

Seguici su:

www.rizzolilibri.it   /RizzoliLibri   @BUR_Rizzoli   @rizzolilibri

Storia perfetta dell'errore

Agli analfabeti, ai bambini,
a chi non comprende la mia lingua, ai ciechi,
a tutti coloro che non possono leggere questo libro

C'è dell'errore nella ragione e c'è della ragione nell'errore.
È una cosa da capire bene.

Hōjō Shigetoki – samurai del XIII secolo

Tutte le cose constano di essenze dentro essenze, volti dentro
volti, e dentro a questi, altri volti. Guarda!

Isacco il Cieco, *Perush 'al Sefer Yetzirah* – trattato di cabala
ebraica del XIII secolo

I

Kenichi Ishida

Come forse già saprete, quello per conseguire il grado di ottavo *dan* nell'arte marziale del kendo è da molti ritenuto l'esame più difficile al mondo. Il motivo è presto detto. La percentuale dei promossi è nettamente inferiore all'uno per cento. Dato impressionante di per sé, ma lo è ancora di più se si considera che i candidati in questo caso non sono spaurite matricole, sprovveduti neofiti, giovinastri che non hanno ancora deciso che fare delle loro esistenze terrene e arrivano davanti alla commissione come plancton sospinto dalle correnti del caso. No, chi si presenta per conquistare l'ottavo *dan* si è già guadagnato il grado, appunto, di settimo *dan*. Vale a dire che è un uomo maturo (ha almeno quarantasei anni) e che pratica il kendo da molto tempo (almeno trent'anni); un tizio, in sostanza, che sa benissimo cosa vuole ed è seriamente determinato a ottenerlo.

Eppure la quasi totalità dei candidati viene impietosamente bocciata. Il novanta per cento dopo i primi due minuti, fra l'altro. Le ragioni per essere respinti sono varie e, agli occhi di un profano, potrebbero apparire persino bizzarre. Celebre è il caso di Kenichi Ishida: più volte campione del mondo nel kendo sportivo e, all'epoca dei fatti, istruttore presso la squadra di kendo della polizia metropolitana di Osaka, ossia la squadra più premiata in assoluto, una sorta di Real Madrid del kendo.

Durante l'esame, come parte della prova, Ishida dovette sostenere un combattimento contro un altro candidato. Sconfisse l'avversario. Ma, secondo la commissione esaminatrice, si batté dimostrando, parole testuali, «un eccessivo attaccamento alla vittoria». Per questo motivo fu bocciato. Tuttavia, comprendendo la giustezza del verdetto, non ebbe da eccepire. Per la cronaca, si ripresentò l'anno successivo.

Dunque, si diceva, come forse già saprete, o come magari avete appena scoperto, l'esame per diventare ottavo *dan* di kendo è straordinariamente difficile.

Ma Pietro Zangheri, nato a Rimini il 15 febbraio del 1988, è fermamente deciso a superarlo prima di morire.

Ecco, se vi viene da ridere, se pensate si tratti dello sproposito di un ingenuo, se credete sia questione di un immotivato slancio d'entusiasmo giovanile, forse non avete mai incontrato di persona Pietro Zangheri. Non avete mai osservato l'impressionante calma dei suoi occhi chiari, non avete mai notato la pacatezza risoluta dei suoi gesti e delle sue poche parole. Tantomeno siete stati suoi compagni di studi alla facoltà di Paleoantropologia di Ferrara, dove Pietro si è laureato, naturalmente, col massimo dei voti, nel minimo del tempo. Magari non avete frequentato con lui neppure il liceo classico Dante Alighieri e non avete mai assistito a una delle tante volte in cui la professoressa Altieri, inflessibile insegnante di greco, timore e tremore dei liceali tutti, diceva, melliflua, al nostro: «Ottimo Zangheri! Eh sì, è proprio vero: gli ultimi saranno i primi!», riferendosi, con non grande originalità, al fatto che Zangheri, per irrimediabili ragioni alfabetiche, stava in fondo al registro scolastico pur essendo, in modo cronico e conclamato, il primo della classe. Non siete neanche entrati nel *dojo* dove si allena e non avete visto la dedizione, l'attenzione, la sicurezza, la forza d'animo che mette in ogni gesto, per quanto piccolo. Non conoscete la sua calma, verrebbe da dire, quasi inquietante; il suo fermo e, verrebbe da dire, quasi irragionevole ricorso alla ragione.

Insomma, non avete visto né udito nulla di ciò che ha fatto guadagnare a Pietro Zangheri certi soprannomi, a loro modo anche affettuosi, come "l'androide", "il cyborg", "Blade Runner", "Robocop", "Ivan Drago", eccetera.

Per carità, tutto questo non garantisce che Pietro raggiungerà la sua remota meta. Perché nulla può garantire un bel niente, a questo mondo. E, come si dice, se c'è una cosa di cui siamo certi, è l'incertezza del futuro. Se c'è una cosa che sappiamo, è che non sappiamo nulla del domani e, in molti casi, persino dell'oggi.

Per esempio, Pietro Zangheri non poteva sapere che quella mattina di maggio, verso le cinque, mentre lui se ne stava immobile, in ginocchio sul pavimento del suo soggiorno, con le mani appoggiate l'una sull'altra, i pollici uniti, intento nella breve meditazione, detta *mokuso*, che precede l'allenamento mattutino, non poteva sapere, dicevo, quello che era accaduto nella casa della sua compagna, Selene. Sembrava passato un piccolo uragano, tante erano le cose rovesciate per terra, rotte o ridotte in brandelli. Sì, un uragano: è a questo che avreste pensato stando accanto a Selene, stremata sul pavimento, quasi storditi dall'intensità del profumo sprigionato dalle bottiglie in frantumi.

Selene, altro personaggio notevole, era l'unica ad aver affibbiato a Pietro un soprannome del tutto diverso dai soliti, e del quale solo lei avrebbe saputo fornire una motivazione: "Belzebù". Ma questa, come si suol dire, è un'altra storia.

2
L'alieno

Certo, può capitare a tutti di farsi prendere da un momento di rabbia, di avere uno scatto d'ira. Può capitare di battere i piedi, strillare e fare i capricci come i bambini. Può capitare agli adulti incalzati dalla frenesia, braccati dalle scadenze del lavoro, che di tanto in tanto lo stress passi il limite, che si perdano le staffe. Può capitare agli anziani in pensione, le cui arterie indurite cominciano a fare qualche scherzo, di sentire il bisogno di manifestare, in qualche modo, la combattività residua. Può capitare ai maschi, di cui si dice in quei casi, non si sa quanto propriamente, che il testosterone dia alla testa. Può capitare alle donne, di cui si dice in quei casi, non si sa quanto propriamente, che il ciclo influenzi negativamente l'umore. È naturale che capiti alle persone di successo, che, alterandosi, dimostrano quanto sono rigorose e severe, con se stesse in primis, e quanto hanno, di conseguenza, diritto di esserlo con gli altri. Costoro in tal modo ribadiscono anche di avere meritato il loro successo. Ed è altrettanto normale che capiti alle persone la cui vita è un completo fallimento, che in questo modo manifestano quanto sono frustrate e, di conseguenza, intrattabili e inadatte al lavoro di squadra. Costoro in tal modo ribadiscono anche di avere meritato il loro insuccesso. Secondo Dante si imbestialiscono tantissimo i dannati nel fondo dell'Inferno, che vomitano la loro collera contro il giusto giudizio di Dio, ma pure i santi in Paradiso, che furiosamente si rammaricano di quanto male vada il mondo.

Anzi, stando alla Bibbia, capita di arrabbiarsi persino a Dio, capace di accessi d'ira proverbiali e spettacolosi. Lo sa bene Selene, che ha una laurea in Lingue orientali e traduce dall'ebraico e dall'arabo. Sa bene, per esempio, cosa dice il *Salmo* 18:

> *E la terra tremò e si scosse,*
> *traballarono le fondamenta dei monti,*
> *sussultarono perché egli era adirato.*
> *Un fumo salì dalle sue narici,*
> *un fuoco divoratore uscì dalla sua bocca,*
> *sprizzavano da lui carboni accesi.*

Tuttavia si suppone che l'ira di ognuno di loro, bambini, adulti, anziani, maschi, femmine, dannati, santi, Padreterno, sia in qualche modo commisurata alla causa.

Invece Selene si era svegliata una mattina riversa sul pavimento del bagno e aveva ricordato. Aveva ricordato quello che era successo la sera prima, appena tornata a casa – un messaggio ricevuto sul cellulare, uno dei tanti. Aveva ricordato il tremore alla mano, prima leggero, poi più intenso, accompagnato da un formicolio e da un senso di oppressione al petto. Aveva ricordato poi una forza dentro di lei, che saliva e saliva, che spingeva come un animale che si dibattesse per liberarsi, e per liberarla. Aveva ricordato il telefono scagliato contro il muro e mandato in pezzi. La libreria rovesciata. Il vaso rotto. Lo specchio in frantumi. Il sangue sulle nocche. Le grida che le si affollavano in gola come a strozzarla. Aveva ricordato la rabbia che avanzava al modo delle valanghe. Quanto era durato? Cinque minuti, dieci, un quarto d'ora, un'ora?

Aveva ricordato di essersi accasciata, quando la tempesta aveva raggiunto la fine. Si era accoccolata a terra singhiozzando, a chiedersi cosa le fosse successo. Fino a che il sonno l'aveva vinta.

Dopo quella sera erano stati distrutti molti altri oggetti. Molte altre parole di rabbia urlate a persone spiazzate e sorprese fino allo sbigottimento. Con episodi che si susseguivano a ondate, come terremoti privati. C'era stato uno spettacolo teatrale interrotto gridando a perdifiato da un palchetto, con alcuni spettatori che, per un attimo, avevano pensato a un colpo di scena previsto dal copione. Sai, l'avanguardia...

C'era stato un coltello da cucina sfilato dal cassetto e puntato alla gola di Pietro.

E c'erano state visite mediche. E medici che avevano detto a Selene che, dentro di lei, c'era qualcosa che non era lei. E che quella cosa si chiamava IED, *Intermittent Explosive Disorder*, Disturbo Esplosivo Intermittente.

La diagnosi non era arrivata subito. Anche perché, per diagnosticare l'IED, occorre prima escludere una lunga serie di altri disturbi: il morbo di Parkinson, una lesione traumatica cerebrale, la tossicodipendenza. L'IED è una cosa senza volto, informe, che può essere descritta perlopiù per negazione, tramite ciò che *non* è. Consiste sostanzialmente nel reagire agli eventi con accessi di rabbia *non* motivati, *non* prevedibili e *non* controllabili. Ed è, per di più, un disturbo le cui cause non sono ancora chiaramente definibili. Anzi, si potrebbe dire che, da bravo mostro informe, l'IED non sia definibile in base a nulla, neppure all'età in cui si rivela per la prima volta. Può comparire improvvisamente inserendosi in una fascia di tempo larghissima, dai sei ai quarant'anni.

Nel caso di Selene, era accaduto a ventinove.

Il Buddha, che di certe cose se ne intendeva come nessun altro, aveva spiegato a Pietro che, nel 1982, era uscito un film di fantascienza intitolato *The Thing*, *La cosa*: soggetto di John W. Campbell, sceneggiatura di Bill Lancaster. Nel film un alieno arriva sulla Terra. L'alieno uccide. Non ha una sua forma, ma assume quella delle sue vittime, nascondendosi dentro di loro. Non ha un volto, può celarsi dietro ogni aspetto, anche il più familiare.

Nessuno sa dove sia, né cosa voglia, né come pensi. Così rende impossibile sapere chi sia davvero, cosa realmente voglia e come realmente pensi chi ci sta affianco; generando un gorgo di paranoia che avvelena qualsiasi rapporto umano e impedisce le relazioni.

Nello stesso anno, il 1982, come aveva spiegato il Buddha, era uscito un altro film di fantascienza: E.T. *l'extra-terrestre*: soggetto di Steven Spielberg, sceneggiatura di Melissa Mathison. In E.T. l'alieno ha una faccia. Una faccia con due occhi. Occhi similissimi a quelli umani, con tanto di pupille e iridi. E ha un naso fra i due occhi. E quel naso, al pari del nostro, termina con due narici. Sotto al naso, poi, come non bastasse, ha una bocca formata da due labbra, di taglio orizzontale. Una bocca che sorride e si imbroncia, esattamente come le bocche umane. Di più: l'alieno ha due braccia, entrambe dotate di una mano con il pollice opponibile, ma il conteggio delle dita si ferma a quattro. L'extraterrestre è in grado di esprimersi, seppure in modo un po' goffo, nella stessa lingua dei protagonisti, e i suoi tratti psicologici sono chiaramente comprensibili persino dai bambini, di cui diventa amico: la sua volontà è principalmente quella di tornarsene a casa sua, avendone nostalgia.

Al botteghino, c'è da dire, non ci fu storia: E.T. guadagnò circa seicentosessanta milioni di dollari e rimase primo in classifica per ben sei settimane, *La cosa* non andò oltre l'ottavo posto e racimolò appena diciannove milioni di dollari.

D'altra parte a un alieno informe è di gran lunga preferibile un alieno con due occhi, un naso e una bocca. Specie se l'alieno in questione è così gentile da esprimere la ferma volontà di girare i tacchi il prima possibile.

Il Buddha aveva fatto a Pietro questi discorsi durante quel famoso pranzo nella trattoria semideserta e sconosciuta di un paesino di campagna minuscolo e altrettanto sconosciuto. Era stato allora che, per la prima volta, Pietro aveva parlato a qualcuno della condizione di Selene, dell'IED e di quello che era successo poco dopo la diagnosi.

Pietro, dal canto suo, aveva seguito per un po' le elaborate disquisizioni dell'amico sulla fantascienza degli anni Ottanta e su altri film, perlopiù precedenti la nascita di entrambi i nostri. Poi, a un certo punto, si era perso. Sarà stato per il gran peso che gli gravava sul petto, sarà stato per il vino rosso, con cui non era abituato a esagerare. Non fece, pertanto, particolari commenti. Non accennò neppure al fatto che, stando al suo aspetto, E.T. si poteva considerare un vertebrato della classe dei mammiferi e di un ordine molto simile a quello dei primati (aveva le mani): perciò era un essere terrestrissimo, ed estremamente vicino a noi umani. Pietro non disse neppure questo.

Ecco, se avessimo avuto l'intenzione di sederci insieme ai due e partecipare alla loro conversazione – conversazione che, d'altra parte, a causa di Pietro, ancora più taciturno del solito, rischiava di tanto in tanto di arenarsi – se avessimo voluto confermare e sviluppare l'ardita metafora proposta dal Buddha, avremmo potuto dire che l'alieno che, sì, in effetti, viveva dentro Selene, non assomigliava a E.T., ma alla Cosa. E soprattutto che, come quest'ultima, non sembrava avere nessuna intenzione di andarsene.

Era questo il motivo per cui Selene doveva aver pensato che la miglior decisione per lei fosse andarsene via. Ossia allontanarsi il più possibile dalle persone amate, prima che l'alieno potesse fare loro del male.

Ma forse, nascosti e protetti dalla sottilissima parete che a volte separa lettori e personaggi, prima di tirare conclusioni affrettate ci conviene tacere e proseguire.

3
Il Buddha

Il Buddha trangugiò l'ennesimo bicchiere di rosso, poi proseguì: «Comunque, il top di quell'anno per la fantascienza è stato un altro film». Prese a sbranare una braciola di castrato e, finendo di masticare, scandì: «*Blade Runner*: soggetto di Philip K. Dick, sceneggiatura di David Webb Peoples! Grande anno per la fantascienza, il 1982!» concluse. Finì anche la braciola, si versò dell'altro vino, infilzò dal vassoio una salsiccia e se la mise nel piatto.

«Gran posto questo... E pensare che non lo conosce nessuno» fece, guardandosi attorno. Era una delle sue affermazioni più tipiche: «... E pensare che non lo conosce nessuno». Nella sua visione delle cose, il mondo era pieno zeppo di eccellenze e di capolavori che, per un qualche ottuso arbitrio degli uomini, venivano ignorati o dimenticati. Cosicché il semplice fatto che qualcosa fosse poco noto costituiva per lui, se non un merito, almeno una ragione di vivo interesse. Mentre, al contrario, la notorietà di un'opera d'arte o di un prodotto qualsiasi gettava immancabilmente un'ombra su di esso.

A ogni modo, come forse avrete già intuito da voi, Widmer Buda, detto il Buddha, non si era guadagnato quel soprannome per motivi spirituali. A parte l'assonanza con il suo cognome, gli era stato appioppato dai coetanei nella prima adolescenza e faceva riferimento alla stazza del nostro, così simile a certe raffigurazioni del Buddha in cui quest'ultimo sta seduto e se la ride, con una enorme pancia che gli sporge dalle vesti, i lobi delle orecchie lunghissimi, il cranio calvo. Calvo però non lo era, l'amico fraterno di Pietro, anzi, aveva una testa riccia di capelli quasi fulvi e il faccione coronato da una barba ancora più riccia.

«Ma quindi, fammi capire» disse il Buddha, accortosi di aver intrapreso una digressione un po' lunga e un po' troppo fitta di parentesi, e seriamente intenzionato a tornare all'argomento principe della seduta, «neanche tu sai dove sia?»

«No, non ne ho proprio idea» ammise Pietro con voce plumbea.

«Ma cosa ti ha scritto, di preciso, prima di partire?»

«Eh, mi ha scritto che aveva raggiunto questa decisione…»

In quel momento furono interrotti dalla cameriera, che passando aveva notato il cestino di vimini vuoto sul tavolo: «Porto altra piada?».

Widmer, a bocca piena, rispose oscillando il testone barbuto con amplissimi cenni di assenso, come a dire: "Magari!". Pietro li tradusse in un cortese «Sì, grazie» pronunciato con una sorta di inchino.

«Arrivo subito.» La cameriera si allontanò portando con sé il paniere.

«Insomma» fece Pietro, «dice che si è convinta che quella è l'unica cosa da fare. Che ha capito che è impossibile portare avanti una storia con una persona che si trova nelle condizioni in cui si trova lei. Con una che ha degli scatti così improvvisi, imprevedibili. Che rompe gli oggetti, che distrugge la roba, che può mettersi a urlare contro chiunque, in un qualsiasi momento, in un posto qualsiasi…» Prese un altro sorso di vino. Fece cenno all'amico che gliel'aveva offerto di non volere l'ultimo fegatello, e di mangiarlo pure lui. Il Buddha approfittò all'istante del permesso. «E sostiene che tentando di restare insieme facciamo il male di entrambi, che lei renderebbe la vita impossibile a me, che mi farebbe uscire fuori di testa a mia volta. E poi che io farei del male a lei.»

«Cioè, in che senso? Ha paura che impazzisci e diventi pericoloso?»

«Ma no, macché pericoloso! Ah, intendi se ha paura che io diventi violento? No, no, non è quello. Dice solo che, insomma, più ci ostiniamo a voler restare insieme in questa situazione impossibile e più lei si illude; più passa il tempo a illudersi e peggio sarà per lei, più bruciante sarà la delusione, più duro sarà, come dire, l'impatto con il disinganno. Invece, prima guarda in faccia la realtà e meglio è, dice così lei. Che la scelta migliore per entrambi è agire in modo lucido, in modo razionale; accettare come stanno davvero le cose. Che bisogna affrontare la vita di petto, prendere il toro per le corna, eccetera. Sai com'è lei.»

Il Buddha annuì come a dire: "Certo che lo so. È l'unica persona al mondo più cocciuta di te!".

In quel momento la cameriera tornò e posò sul tavolo il cestino traboccante di piada calda.

«Grazie!» esclamò questa volta il Buddha sorridendo e afferrandone un pezzo. Mentre Pietro restò muto, un poco imbambolato, e riuscì soltanto a produrre un cenno del capo, leggermente tardivo.

Poi continuò: «Quindi, hai capito? Dice che finché siamo così vicini è impossibile smettere di vedersi. Anche perché io vorrei andare avanti. Voglio restare con lei. Perlomeno provarci, provarci con tutte le forze.

Allora, insomma, secondo lei l'unica soluzione è partire e andarsene in giro per il mondo. Così, senza dirmi dov'è. Stare una settimana qua, tre giorni là e via di seguito. Tanto il suo lavoro lo può fare dovunque. Basta avere un portatile e l'accesso alla rete. Traduce e poi invia i testi ai committenti. Quello lo può fare da qualsiasi posto del mondo. Anzi, l'ha già fatto, di lavorare stando lontano da casa un paio di settimane. È partita subito. La mail me l'ha inviata dall'aeroporto».

«Come fai a saperlo?»

«Me l'ha scritto lei!»

«Dove?»

«Eh, nella mail che mi ha inviato per dirmi che partiva.»

Pietro si versò un altro bicchiere di rosso e offrì al Buddha di riempire anche il suo.

Il Buddha accettò.

«Ah, poi mi ha scritto che, in ogni caso, ammesso che fosse possibile avere una relazione stabile in questa situazione qua, io sarei la persona meno adatta per tentare un'impresa del genere.»

«Perché?»

«Eh, perché dice che sono troppo perfezionista, troppo precisino, troppo pignolo, troppo rigido. Sai che mi prendeva sempre in giro. Dice che il caos, l'irrazionalità, io non sono in grado di sopportarli, che a me danno anche più fastidio che agli altri. E che, insomma, io sono la persona meno adatta per riuscirci.»

«Cioè, in un certo senso» azzardò il Buddha, con ampi gesti delle mani che volevano dire: "Ma guarda tu come è strana a volte la vita, come è contorto questo porco mondo!". «… Sei la persona sbagliata… perché sei perfetto. Se fossi meno perfetto, saresti… più giusto.»

«Eh» sospirò Pietro annuendo.

«Che storiaccia! Ma, scusa, quando questo? Quando è partita?»

«Ormai sono passate due settimane.»

«Storiaccia! E tu, non l'hai più sentita?»

«Ah, no. Non posso mica. Mi ha bloccato, mi ha bloccato tutti gli account. Non posso telefonarle. Non posso scriverle su nessun social. Lei vuole che sparisca. L'unico canale in assoluto che mi ha lasciato è la posta elettronica. Mi ha scritto tutto tramite la mail. Io ho provato a risponderle da lì, a scriverle e, in effetti, i messaggi non mi tornano indietro, non mi ha bloccato.»

«Ma ti ha risposto?»

«No, no. Mi aveva detto che non mi avrebbe risposto e infatti non mi ha risposto. Selene è così. Selene è forte, è volitiva, è orgogliosa. Se dice una cosa, poi la fa. Non ha mezze misure, Selene. Lo sai anche tu. Tanto l'hai conosciuta.»

Di nuovo il Buddha annuì come a dire: "È l'unica persona"... eccetera.

«E quindi, tu?»

«Io...»

La carne era finita, la piada pure. Pietro svuotò la bottiglia riempiendo il bicchiere di Widmer e versando le ultime due dita di vino nel suo. Sospirò ancora, scuotendo la testa. Ci fu un attimo di silenzio.

«Io... faccio l'unica cosa che posso fare.»

Silenzio. Di nuovo.

«Continuo a fare il nostro gioco.»

«Che gioco??? Ah, quello degli M&M's!» Il Buddha tentò un tono complice e divertito, che irradiò un senso involontario di pietà.

«Sì, il gioco degli M&M's» confermò Pietro. «Tutti i venerdì le mando una mail. Continuo il nostro gioco. È l'unica cosa che posso fare. L'unica cosa che mi rimane. Se non mi blocca, magari significa che le va bene, che anche lei vuole lasciare aperto uno spiraglio.»

«E finora quante gliene hai mandate?»

«Due.»

«E non ti ha riposto.»

«No.»

«Cazzo, Zangh! Cazzo, che storiaccia che ti è capitata!» Ora il Buddha scuoteva la testa lentamente, con i labbroni piegati in una gran smorfia come a ripetere: "Che storiaccia! Che storiaccia, Zangh!".

In realtà non c'era molto altro da dire.

I due continuarono a guardarsi negli occhi per un po'. Mestamente. Finirono di bere. Il Buddha si guardò di nuovo attorno in cerca della cameriera per ordinare un caffè e una sambuca a parte.

Riportò lo sguardo sull'amico. Dopodiché, sia perché sperava di dare sollievo al vecchio Zangh con un intervento assurdamente fuori contesto, sia perché la cosa gli era davvero venuta in mente in quell'istante, esclamò: «Ah, aspetta, ma nell'82 ne è uscito un altro di film!». Poi, allargando le braccia e scandendo le parole come se stesse pronunciando la più solenne delle verità: «*Tron*, soggetto di Steven Lisberger, sceneggiatura di Steven Lisberger». Infine, sorridendo, roteò in aria la mano come a dire: "Capolavoro!".

Pietro si sentiva un macigno nel petto. Ma apprezzò tantissimo il tentativo e, per gratitudine, ricambiò il sorriso.

4
M&M's

Spero che non vi abbia irritato la mania – o il vezzo – che spinge Widmer Buda detto il Buddha a citare il soggettista e lo sceneggiatore di un film anziché il regista. Abbiate pazienza. Il Buddha è fatto così. E bisogna prenderlo per com'è.

A ogni modo, irritati o no, probabilmente lo avrete notato e ve ne sarete chiesti la ragione.

Ecco, io sono fra quei narratori che si sentono in obbligo di giustificare il comportamento dei propri personaggi, qualora questi non abbiano la buona creanza di farlo autonomamente. Perciò procedo.

Il fatto è che il Buddha – un tipo particolare, come si diceva – sostiene che il ruolo del soggettista e quello dello sceneggiatore siano molto sottovalutati nella percezione comune. Il giusto riconoscimento verrebbe, secondo lui, usurpato dal regista, la cui importanza, sempre secondo il nostro, sarebbe scioccamente esagerata. D'altra parte, questo collima con quanto già accennato, ossia il suo particolare modo di vedere le cose e il suo debole per tutto ciò che è misconosciuto e sminuito.

«Ma scusa, se nel film c'è una frase che diventa leggenda, tipo: "Ho visto cose che voi umani...", quella l'ha scritta il soggettista o lo sceneggiatore, non l'ha mica scritta il regista!» dice spesso. E altrettanto spesso prosegue con gli esempi: «Se i dialoghi fanno ridere o creano suspense, se la storia ti cattura, se ci sono sorprese, è tutto merito del soggettista, dello sceneggiatore o di tutti e due». E conclude, di solito gesticolando con quelle sue ditone pingui: «I veri autori del film sono il soggettista e lo sceneggiatore: sono loro che infondono l'anima alla storia, con i colpi di scena e tutto il resto, sono loro che inventano le battute che gli attori devono recitare; il regista li dirige solo, gli attori». Ecco, in quei casi, volendo, nel tentativo di instaurare un dialogo, di dimostrare di avere compreso il suo ragionamento, non necessariamente condividendolo, potreste dire al Buddha una cosa del tipo: "Insomma, per capirci, tu intendi dire che il regista nel film ha un ruolo paragonabile a quello che il direttore d'orchestra ha nella musica. Mentre il soggettista, insieme allo sceneggiatore, ha un ruolo paragonabile a quello del compositore. E, se è vero che ci sono stati direttori d'orchestra grandiosi, rimane il fatto inoppugnabile che la *Quinta Sinfonia* è e sarà sempre opera di Beethoven, non di Bernstein o di von Karajan".

A questo punto il Buddha alzerebbe il braccio con un gesto brusco, quasi rabbioso. A dire: "Ci sei arrivato, finalmente!", come se ritenesse scontato il vostro appoggio.

In realtà gli capita di rado che qualcuno sia d'accordo con lui. E non è frequente neppure che l'interlocutore dia prova di avere veramente capito i suoi discorsi. Di conseguenza, una risposta come quella sopracitata vi farebbe immediatamente guadagnare, agli occhi del Buddha, lo status di "persona intelligente e simpatica, la cui conoscenza vale la pena approfondire". Basta poco, in fondo.

In effetti, era così che Pietro e il Buddha si erano conosciuti diversi anni prima, nel lontano 2009. Al cinema Fulgor di Rimini si proiettava, in occasione dei vent'anni dall'uscita nelle sale, il famoso *Tetsuo*: soggetto di Shinya Tsukamoto, sceneggiatura di Shinya Tsukamoto. Il Buddha era stato attratto dal fatto che si trattasse di un film di fantascienza, Pietro dal fatto che si trattasse di un film giapponese. Alla fine della proiezione, il Buddha era estasiato, Pietro vagamente perplesso. D'altro canto, lui andava al cinema per capire i film e accrescere la propria conoscenza, non per divertirsi o passare il tempo. Così, il taciturno Pietro si era fermato ad ascoltare quel ragazzone che sembrava avere così tante cose da dire. Si agitava e gesticolava, infervorato, difendendo strenuamente il lavoro di Tsukamoto davanti a due coetanei che non sembravano per nulla persuasi dal suo impeto: «Valà Buddha, va' a cagare! Che roba c'hai portato a vedere?!?», «Valà, che prima che diamo ancora retta al Buddha...».

Pietro era poco lontano. Discreto, attento. Finché si accorse di essere stato notato dal tizio il cui singolare soprannome, evidentemente, doveva essere "Buddha". Il Buddha continuava a tener testa agli amici, ma di tanto in tanto, sempre più frequentemente, spostava lo sguardo su di lui. Allora Pietro si era avvicinato di qualche passo, finché fu chiaro che il Buddha parlava rivolgendosi tanto a lui quanto agli altri due. Anzi, soprattutto a lui. Comprese che era giunto il momento giusto per unirsi alla conversazione. Fece una domanda al Buddha. Poi ne ascoltò la risposta. A quella prima domanda ne seguirono molte. Alla fine gli altri due trovarono il modo di svignarsela, e fuori dal cinema il Buddha e Pietro rimasero a parlare da soli. Il Buddha non aveva mai incontrato una persona che manifestasse una tale attenzione per i suoi discorsi: così, dietro la coltre ruvida del suo modo di parlare sboccato, della barbaccia incolta, dei piercing al naso, dei divaricatori alle orecchie e di tutto il resto, come dire, il suo cuore si sciolse. Il sodalizio fu reciproco, né poteva essere diversamente, data quella specie di feroce deserto che era la loro vita attorno ai ventun anni.

Tramite Pietro, anche Selene conobbe il Buddha. Lui, che si intendeva di informatica quasi quanto si intendeva di fantascienza, le aveva estirpato dal portatile alcuni virus, recuperando i file di certe traduzioni che sembravano perduti e che le erano costati diversi giorni di lavoro. Le aveva dato delle dritte per non infettare il computer, e le aveva altresì consigliato un paio di film di fantascienza sui crimini informatici. L'aveva fatta ridere, vuoi per l'euforia dello scampato pericolo, vuoi perché era un tipo assai buffo. Più di una volta i tre erano persino andati al cinema insieme.

Quella volta invece non erano andati al cinema in tre. Anche perché ancora Selene e il Buddha non si erano conosciuti. Era, anzi, una delle prime sere in cui Selene e Pietro uscivano insieme. Era un venerdì. Nel multisala svettava, moderno monolite, una grande parete di vetro, tutta piena di caramelle coloratissime, di ogni forma e consistenza: gelatinose, gommose, spugnose, traslucide, coperte di minuscoli granuli, lisce e dure come ceramica. Il profumo dei pop-corn impregnava l'aria. Erano in vendita in cesti di varie dimensioni; fino ad alcune inverosimili, come a suggerire l'esistenza dei ciclopi, degli orchi o di altri esseri tipicamente cinematografici. E poi la folla, il brusio incessante, il brulicare iperilluminato. A Selene non dava fastidio nulla di tutto questo. Le piacevano la luce e i colori e la musica e tutto quello che vibra e sta sopra le righe ed è eccessivo.

Più tardi, nella sala, la proiezione si faceva attendere. Le luci non erano ancora spente. Il silenzio pressava.

Selene provocò Pietro, che aveva già mostrato di essere un po' introverso: «Allora, mi racconti qualcosa?».

«Di me?»

Lei scoccò una delle sue risate bellissime, piene di divertimento e insieme di tenerezza. «Vuoi parlare di me?»

Pietro chinò lo sguardo. Gli cadde sulle mani di Selene; si dipingeva le unghie di rosso, di solito le ragazze della sua età non lo facevano. Selene a volte assomigliava già a una signora matura, altre volte a una bambina, a volte ancora a una signora e a una bambina contemporaneamente. Le sue dita smaltate prendevano dal pacchetto giallo degli M&M's, uno a uno, i piccoli confetti rossi, arancio, gialli, marroni, azzurri, verdi. Pietro li vedeva sparire fra le sue labbra, li sentiva rompersi sotto i suoi denti. Fissò per un attimo il pacchetto. "Vuoi?" stava per chiedergli Selene.

Ma Pietro cominciò a parlare: «Va bene, ti racconto una storia sugli M&M's».

Selene rimase in silenzio, per un attimo smise di sgranocchiare i confetti: «Ah, pur di non parlare di te» rise ancora. «Sentiamo!»

E Pietro raccontò.

«All'inizio degli anni Ottanta c'era una band all'apice del successo, si chiamavano Van Halen, non so se esistano ancora. Ma allora erano famosissimi, il loro show era una cosa imponente; giravano in tour con degli enormi autoarticolati al seguito, sai, per contenere tutta la strumentazione, gli impianti luce e audio, la scenografia, eccetera. Insomma, quando qualcuno li ingaggiava per uno spettacolo, ecco, loro avevano delle richieste tecniche. Molte richieste tecniche. E richieste molto precise. Sulla logistica, sulle misure del palco, sulla sicurezza, cose così. Il contratto era dettagliatissimo. Pagine e pagine e pagine di richieste tecniche. Fra queste ce n'era una apparentemente assurda: era fra le ultime, e l'avrebbe letta solo chi avesse avuto la pazienza di esaminare il contratto punto per punto. I Van Halen chiedevano che nei camerini ci fossero delle ciotole di M&M's: M&M's rossi, arancio, gialli, verdi, blu, ma non marroni. Non doveva esserci nessun confetto marrone, altrimenti il contratto prevedeva che il concerto venisse annullato e che l'organizzazione pagasse comunque il compenso per intero. Per un solo M&M's marrone, capisci? E siccome, da quando sono sul mercato, gli M&M's sono confezionati con colori misti, occorreva acquistare i pacchetti, aprirli, svuotarli nelle ciotole e poi togliere i confetti marroni, uno a uno. Non c'era altro modo. La voce che girava nell'ambiente era che i Van Halen fossero impazziti, che la fama gli avesse dato alla testa e che il narcisismo li avesse portati al delirio. Invece dietro questo apparente capriccio c'erano lo spavento e la rabbia di una tragedia scongiurata.»

«Una tragedia? Che tragedia ci può essere dietro un M&M's marrone?»

«Nel tour precedente era successo che diversi organizzatori trascurassero le specifiche tecniche. Così alcuni strumenti erano stati danneggiati; ma, soprattutto, una persona dello staff aveva rischiato di morire folgorata dalla corrente elettrica. Così i Van Halen aggiunsero quella richiesta. Quando arrivavano sul posto del concerto ed entravano nei camerini, i membri della band cercavano le ciotole di M&M's. Se mancavano i confetti marroni, allora poteva significare solo che gli organizzatori avevano letto il contratto in ogni parte, fino alla fine, rispettando le richieste nel modo più scrupoloso e accurato. Al contrario, se nelle ciotole c'era una normale percentuale di M&M's marroni – o se non c'era nessunissima ciotola di M&M's, il che era lo stesso – allora significava che probabilmente il contratto era stato letto in modo distratto e superficiale – o non era stato letto affatto – e non si poteva sperare che le richieste tecniche fossero state rispettate. Urgeva un controllo ulteriore; nei casi peggiori si poteva decidere di annullare il concerto per davvero. M&M's marroni per loro voleva dire "pericolo di vita". E la storia dimostra…» Certo, a Pietro piaceva che le cose avessero un senso. Non avrebbe mai raccontato un aneddoto che non fosse utile a illustrare un concetto, per quanto elementare, e che non avesse, per così dire, una sua "morale della favola". A lui piaceva Esopo, che alla fine di ogni favola metteva il suo "la storia dimostra che…". «… La storia dimostra che ci sono casi in cui piccoli gesti, come togliere uno a uno i confetti marroni da una ciotola, possono essere la testimonianza di un grande lavoro. Un lavoro che può perfino segnare la differenza fra la vita e la morte.»

Seguì un breve silenzio, in cui a Pietro parve di sentire di nuovo il rumore dei cioccolatini croccanti che si rompevano fra i denti di Selene. Intorno c'era il chiacchiericcio degli altri spettatori, le luci cominciarono ad abbassarsi.

«Notevole, Zangheri» disse Selene, divertita. «Notevole» ridacchiava. «Pur di non parlare di te stesso…»

Arrivò il buio fondo e partì l'audio assordante della proiezione.

Da quell'episodio – è quasi superfluo dirlo – Selene prese in giro Pietro innumerevoli volte per la sua timidezza e la sua incredibile introversione.

Se ne usciva con frasi del tipo: «Imputato Zangheri, ci dica, dov'era lei la sera del delitto?... Oppure ci parli degli M&M's, se preferisce».

E quando Pietro si apprestava a raccontare un fatto storico, o una vicenda qualsiasi che non riguardasse l'attualità né l'esperienza personale: «Attenzione! Momento M&M's!» esclamava.

Un giorno, dopo qualche settimana di relazione, Pietro aveva confidato a Selene il suo obiettivo: raggiungere il grado di ottavo *dan* nel kendo. Selene, appurato di cosa si trattasse, benché apprezzasse l'ambizione, espresse con il suo tipico sarcasmo una certa ragionevole perplessità.

Il venerdì seguente Pietro le regalò un altro momento M&M's: la storia di Yasuke. L'uomo, forse originario del Mozambico, era arrivato in Giappone nel 1579 al seguito di un gesuita italiano, tale Alessandro Valignano. Siccome l'incarnato scuro, nel Giappone di allora, rappresentava una cosa inedita e assai curiosa, Yasuke fu portato addirittura a Kyoto al cospetto del potentissimo signore Oda Nobunaga. Il suo aspetto colpì moltissimo Nobunaga e la corte. "La sua pelle era nera come il carbone" scrive un cronista. Anzi, si fece persino il tentativo, ovviamente risultato inutile, di lavare e raschiare via un ipotetico strato di pittura dalla cute dello straniero. Pare che Yasuke fosse alto circa un metro e ottantotto: un gigante, in rapporto alla statura media dei giapponesi di allora. Fatto sta che Nobunaga, impressionato dalla forza dell'ospite, che aveva paragonato a "quella di dieci uomini", gli offrì di entrare a far parte del suo esercito. Così Yasuke divenne il portatore d'armi personale di Oda Nobunaga: era un grande onore, segno del raggiungimento di un elevato rango sociale. Ma, soprattutto, diventò un vero samurai; il primo e forse l'unico con la pelle nera.

La storia, secondo Pietro, significava che non è detto, che si può entrare a far parte di una cultura diversa dalla propria, in apparenza aliena, e persino raggiungere, al suo interno, un grado di eccellenza. Selene capì che quello poteva essere il modo in cui Pietro parlava di se stesso e dei sentimenti che provava per lei. Così il "gioco degli M&M's", come lo chiamavano i due, finì per diventare una consuetudine: lo facevano ogni venerdì, con la regolarità di un rito. Una loro minuscola cerimonia d'amore.

I racconti di Pietro, ovviamente, dovendo parlare

di lui pur dando parvenza d'altro, erano tutti, o quasi, racconti di eccellenza, di perfezionismo, di precisione. Storie in cui, c'entrassero o no i samurai (spesso c'entravano), un errore minimo, una leggera trascuratezza, uno sbaglio apparentemente insignificante, causavano una catastrofe irreparabile.

Questo, almeno, fino al momento in cui Selene non se ne andò. A quel punto, il gioco divenne l'unica risorsa che Pietro aveva per convincerla a tornare da lui.

5
Bolgia della Luna

Oggetto: Theia

Selene,
ora che non ci sei, ti vedo ovunque. Adesso che non rispondi più al telefono, la tua voce viene a svegliarmi tutte le notti.

La tua lontananza mi tiene il fiato sul collo. La tua assenza mi dà l'assalto ogni giorno.

Ma davvero pensi che mi arrenderei? Davvero credi che non potrei sopportare la tua condizione, che ogni tentativo sia destinato al fallimento?

Non so dove sei e non posso venire da te. Posso mandarti le mie parole, però; le leggerai se e quando ne avrai voglia. Un'ultima fibra di vita insieme, da vivere solo se lo vorrai.

Ogni venerdì ti raccontavo una storia delle mie. Ce la mettevo tutta per stupirti, per farti ridere o per farti piangere. A volte, nei casi migliori, i più rari, poteva accadere che la stessa storia ti sorprendesse e ti facesse ridere e ti facesse piangere.

Oggi è venerdì. E io ti scrivo per raccontarti una storia. Non saprò della tua meraviglia, non sentirò la tua risata e non vedrò le tue lacrime. Non risponderai in nessun modo: lo hai giurato. Racconto nel buio, nel silenzio: forse è irragionevole e sbagliato. Ma io, per la prima volta, mi sento pronto a fare cose sbagliate e irragionevoli.

Comincio dall'inizio.

4,5 *miliardi di anni fa*

La Terra. Se ne sta a ruotare attorno al Sole, è una massa fusa, deserta. Gira su se stessa, lenta: un mezzo della velocità attuale. Silenziosa nel suo sonno incandescente.

Poi, improvviso, un corpo cade. Le si schianta contro. Non è un meteorite, né un asteroide, né una cometa. È un pianeta. Un intero pianeta. Grande come Marte: seimila chilometri di diametro. Gli astronomi lo chiamano Theia. Theia è un nome che, come infiniti altri usati dagli astronomi, proviene dalla mitologia greca. Il nome di una titanide, una gigantessa.

Ma non divaghiamo. Qui non si tratta di miti. Si tratta dell'impatto fra un pianeta intero e la Terra.

Come definiresti questo evento, Selene? Spaventoso? "Spaventoso" è un termine che, in effetti, viene subito in mente anche a me. Ma è *spaventosamente* improprio, per almeno due motivi. Il primo: sulla superficie incandescente della Terra non viveva, allora, nessunissima forma di vita cosciente o suscettibile di spaventi. Il secondo: qualunque fenomeno terrestre di cui tu e io siamo stati testimoni e che abbiamo definito "spaventoso" non è neppure lontanamente paragonabile a ciò che avvenne in quel momento.

Immagina. Immagina settanta miliardi di miliardi di tonnellate di detriti che schizzano in aria. In alto, più in alto. No, Selene: più in alto. Così in alto da non tornare mai più sul suolo ed entrare in orbita. Mentre, a causa dell'urto, la velocità di rotazione è impazzita: il dormiente si è risvegliato.

Attorno alla Terra ora c'è un anello caotico di schegge. Ma l'Universo ha un modo preciso per mettere ordine nella materia inanimata: indirizza le masse una verso l'altra, curva le traiettorie dei corpi, le spinge al contatto. Per effetto dell'attrazione gravitazionale, una nube di polvere sospesa nel vuoto si raduna attorno al proprio baricentro e forma una sfera.

Così avviene. Di collisione in collisione in collisione in collisione. Un'esplosione a ritroso, nel silenzio assoluto dello spazio. Dove non c'è aria, non ci sono neppure onde sonore. La polvere si raccoglie in ciottoli, i ciottoli in rocce, le rocce in macigni, i macigni in montagne, le montagne in un satellite: la Luna.

Ecco perché il pianeta Theia si chiama così. Theia, nella mitologia greca, è la madre di Selene, la personificazione della Luna.

La Luna, Selene, lo stupendo corpo celeste di cui porti il nome, che ha ispirato miriadi di poeti, è nato da una catastrofe. Lo squarcio aperto nel nostro pianeta miliardi di anni fa, con un impatto che, accadesse oggi, causerebbe la più completa delle estinzioni di massa.

Ma la Luna non solo è nata da una catastrofe, è lei stessa una mostruosità, un'anomalia. Ti spiego: altri pianeti del nostro sistema solare hanno dei satelliti; Urano ne ha ventisette, Saturno sessantadue, Giove sessantanove. Ma sono minuscoli, rispetto al corpo celeste che li tiene in orbita. Mosche che ronzano attorno a un pachiderma.

La Luna, invece, ha lo stesso ordine di grandezza del suo – e nostro – pianeta. Per essere un satellite, è semplicemente abnorme. È, si potrebbe azzardare, un secondo pianeta, compagno del nostro.

E questo mostro è una minaccia per noi? Sarebbe

meglio se si allontanasse? No, anzi. La Luna è necessaria alla vita sulla Terra. Sembra assurdo, ma è così.

Gli altri pianeti del sistema solare si avvicinano e si allontanano da noi continuamente, viaggiando ognuno a una diversa velocità, ciascuno con la propria immane massa. Se non ci fosse la Luna, con la sua grande forza gravitazionale, l'asse del nostro pianeta oscillerebbe come quello di una trottola malferma. Così non potremmo avere un clima regolare, con temperature stabili, il ciclo delle stagioni e tutto il resto. Non esisterebbe la vita per come la conosciamo. Niente piante. Niente animali che si nutrono di piante. Niente animali che si nutrono di animali che si nutrono di piante.

Invece a trecentottantamila chilometri da noi c'è la Luna, più vicina di ogni altro corpo celeste, troppo immensa per essere solo un satellite. Essa compensa queste variazioni, ne smorza l'effetto.

Sì, Selene, la Luna dà equilibrio al mondo.

Be', è quasi meraviglioso come tutto questo contraddica il linguaggio comune. Si dice di una persona che è "lunatica", cioè che è emotivamente instabile e ha improvvisi sbalzi d'umore, per l'antica superstizione secondo cui l'epilessia e l'insania sarebbero condizionate dalle fasi lunari. Una supposizione priva di qualsiasi riscontro scientifico. Succede il contrario:

i meteoropatici, semmai, hanno l'umore che sale e scende a seconda che splenda o meno il Sole. Si dovrebbe dire di una persona instabile che è "solatica".

E Shakespeare fa dire a Giulietta: "Oh, Romeo, non giurare sulla Luna incostante, che muta ogni mese nel suo rotondo andare". Si potrebbe rispettosamente far notare a Giulietta – e a Sua Maestà William Shakespeare – che la Luna muta, sì, ma in maniera perfettamente regolare e, dunque, prevedibile. Cioè essa, dovendo rispettosissimamente fare un paragone, è mutevole come un orologio svizzero, che a distanza di appena un'ora già segna un orario diverso. Pure non mi pare che gli orologi svizzeri siano mai stati presi a esempio di ciò che è inaffidabile e volubile, neppure da poeti molto arditi. "Oh, Romeo, non giurare sugli orologi svizzeri incostanti, che mutano ogni giorno nel loro rotondo andare!"

Insomma, la gente dovrebbe rivedere le sue idee sulla Luna. E magari cominciare a dire di una persona che è lunatica per intendere che è solida come una roccia e perfettamente affidabile.

Occorrerebbe almeno ringraziare la Luna per essere una compagna del nostro globo.

Una vera Eva strappata e plasmata dal fianco del mondo dormiente.

Così tu sei, mia Luna. Strappata dalla mia stessa carne, dal mio cuore. Tu sei me.

Tu mi rendi possibile la vita.

Mi dai stabilità. Sì. Tu. Tu con tutti i tuoi sbagli. Tu con la tua follia. Tu con il Disturbo Esplosivo Intermittente che ti hanno diagnosticato.

La Luna rende vivo il mondo, così tu sei per me.

E se, per starti accanto, dovrò attraversare con te l'inferno, ne varrà la pena.

Ti amo. Comunque. Lo giuro su ciò che è più saldo e certo, mio cuore. Lo giuro sulla Luna.

*

Oggetto: Eva

Selene,

me ne sto in casa pensando a te. Ascoltando la tua musica. I dischi che mi hai regalato o quelli che ho comprato nella speranza di capire quelli che mi hai regalato. Più qualcosa ti piaceva, più era difficile da apprezzare per me. Più era difficile, più mi intestardivo. Ieri, poi, mi sono messo di impegno. Quasi due ore su un vecchio CD di canti religiosi ebraici. Sfogliando il libretto ho trovato una scritta: "Si prega di non ascoltare di Shabbat e durante le feste ebraiche". Dice proprio così. In italiano, in inglese e in ebraico. Non bisogna ascoltare il CD di sabato.

Mi è venuto in mente quel film che abbiamo guardato insieme, in cui un ragazzo ebreo si scandalizza perché il padre sta guardando la tv di sabato. Mi avevi spiegato che la Bibbia impedisce di accendere o spegnere un fuoco di sabato. E oggigiorno la versione del precetto consiste nel non accendere nessun apparecchio elettrico o elettronico.

Ecco, pensavo a queste cose e mi sono detto: "Sarebbe abbastanza incoerente e abbastanza assurdo, il venerdì dopo il tramonto (quindi di shabbat), accendere il computer e scriverti di una storia presa dalla Bibbia ebraica. Sarebbe ancora più assurdo alla luce del fatto che quel poco che so di Bibbia e di ebraico me lo hai insegnato tu, che hai una laurea in Lingue orientali".

D'altra parte – anche questo me lo hai insegnato tu – per la tradizione ebraica la Bibbia è infinita, perciò va infinitamente indagata. Ogni intelligenza che si affacci su di essa può continuare a estrarne verità, come da una miniera inesauribile. Nessuno può pretendere di aver inserito l'ultima tessera nel mosaico, semplicemente perché il mosaico è interminabile e non esiste un'ultima tessera. A ogni uomo spetta di dovere e di diritto la sua parte di frammenti da portare alla luce. Anche al più insipiente e profano; dunque persino a me, devo dedurre.

Genesi 2, 18

Dio intorpidisce Adàm (si potrebbe tradurre Uomo, giusto?) fino a sprofondarlo nel sonno, poi gli strappa via qualcosa da dentro, poi richiude la sua carne, poi, da quella materia estorta, plasma la prima donna. Cosa ha tolto ad Adàm? Qual è la parte che a un maschio manca nel buio del corpo, sotto l'involucro della pelle, ciò di cui è stato privato senza che se ne accorgesse, come in un furto di destrezza?

È qualcosa che, come sai, in ebraico si chiama *tzelà*. Normalmente si traduce "costola". Io oso un'altra traduzione: "fianco".

Il bacino femminile è più largo di quello maschile. È l'elemento principale tramite il quale noi paleoantropologi identifichiamo il sesso di uno scheletro fossile. La donna ha, per così dire, una parte di fianco in più; è il rilievo su cui appoggia il figlio mettendolo a cavalcioni, un gesto di profonda dolcezza e di altissimo pragmatismo insieme; un gesto molto bello, che viene voglia di imitare. Ma un uomo non lo può ripetere, per irrimediabili ragioni anatomiche.

Ricordo un episodio, la mia nipotina Anita aveva pochi mesi: «Oh, vieni dallo zio, vieni dallo zio!» dico, la prendo dalle mani di mia sorella e cerco di appoggiarla sul mio fianco, come avevo visto tante volte fare a sua madre. Scivolava continuamente, non aveva un punto di incaglio. Pensai a una mia incompetenza. Tentai una diversa postura, piegandomi e sporgendo sempre più l'anca.

Mia sorella scoppiò a ridermi in faccia: «Ho sempre saputo che eri scemo, ma ultimamente sei salito a un livello superiore. Cosa fai? Tu non puoi: sei un maschio» mi disse. E poi, toccandosi i fianchi con la punta delle dita e scandendo le parole, come se parlasse a un bambino: «Non hai gli spuntoni qua. Ah, questa è bella Pietro! Anni e anni a studiare gli scheletri e non hai ancora capito niente di come è fatto il corpo umano!».

Sì, se un uomo è abbastanza ingenuo da tentare – dunque, ingenuo quanto me – lo attendono una rinuncia e un'allucinazione: per il tempo di un lampo ha l'impressione che una parte del suo corpo manchi all'appello, crede di essere vittima di un'amputazione avvenuta nel sonno, sommersa da una cecità.

Le storie più antiche che l'umanità conosca sono risposte fantastiche a una meraviglia reale: qual è l'origine delle lingue diverse? E delle stagioni? Della tela del ragno? Dell'eco sulle montagne? A tutte queste domande, anticamente, risposero un mito, una favola, un racconto: la torre di Babele, il rapimento di Persefone, la maledizione di Aracne, la storia della ninfa Eco.

"Perché ai maschi manca un pezzo di fianco? Chi

gliel'ha portato via e dove diavolo è finito?" Ecco, questi sono gli interrogativi che i nostri antenati, in un passato ancestrale, possono essersi posti. Mentre, in tutta onestà, non ho mai assaggiato, davanti a un corpo di donna, questo tipo di stupore: l'idea che a me mancasse una costola.

Ma il punto che ci interessa è un altro, Selene.

Stando alla Bibbia, perché Dio ha creato la donna? «Perché» dice Dio, «non è bene che Uomo sia solo. Gli voglio fare *edzer kenegdò*.» *Edzer kenegdò* alla lettera, come sai, significa "un aiuto contro di lui".

I commentatori si sono sbizzarriti su questa strana espressione. Si tratta di un singolare tipo di aiuto: un *aiuto contro*. Perché non un ostacolo a favore? E a cosa dovrebbe servire questo aiuto? Ad avanzare indietro? A entrare fuori? A uscire dentro?

Sai cosa penso io? Che ci sono molti modi per agevolare qualcuno mettendosi contro di lui. Penso al fianco, all'abilità femminile di sorreggere, alla capacità preclusa all'uomo di sostenere un infante tenendolo appoggiato contro il bacino. Penso che si possa aiutare qualcuno mettendosi contro di esso se il suo equilibrio è incerto. Si può essere sul serio *aiuto contro* se si è puntello, contrafforte, controspinta. Ho visto molte donne tenere un uomo fra i vivi e fra i sani di mente opponendosi a lui, contenendone il crollo, l'esplosione, la deriva, il delirio.

Tu mi sorreggi se mi stai al fianco, tu mi aiuti anche quando sei spina al fianco.

Torna, Selene. Torna a metterti contro di me. Torna e stammi davanti "terribile come un esercito schierato in battaglia", come dice il *Cantico dei cantici*. Torna a rendermi difficile la vita e a rendermela, allo stesso tempo, possibile. *Aiutami contro* a non crollare.

*

Oggetto: Galileo Galilei

Selene,
nell'altra lettera, in cui ho avuto l'ardire di parlare in e di ebraico, ho avuto anche l'ardire di citare il *Cantico dei Cantici*, dove l'amato definisce l'amata "terribile come un esercito schierato in battaglia". E nel verso precedente "bella come la Luna". Sì, Selene, la Luna è bellissima. Ma di che tipo di bellezza si tratta?

Ecco la storia di oggi.

Il vero aspetto della Luna

Galileo Galilei non ha inventato il cannocchiale. Ha fatto di meglio: è stato il primo, probabilmente, a usarlo nel modo sbagliato. Ossia puntandolo per aria invece che al filo d'orizzonte, volgendolo verso il cielo notturno invece che verso l'azzurro mare, per mettersi nei guai invece che per avvistare in tempo l'arrivo di navi nemiche e salvarsi la pelle.

Ricapitoliamo.

Il cannocchiale è stato inventato nei primi anni del Seicento da un olandese. Chi? Forse l'occhialaio Hans Lippershey, o un tal Jacob Adriaensz o persino un certo Zacharias Janssen. Galileo è a Venezia quando si sparge la notizia: nelle lontane Fiandre è stato creato uno strumento che mostra le cose lontane come se fossero vicine. Rientra a Padova e costruisce anche lui, con le sue mani, un arnese che fa lo stesso: ingrandisce nove volte gli oggetti. Dopodiché torna a Venezia e tenta di venderlo per quello che è: un dispositivo militare. I senatori della città, anziani per definizione, salgono e scendono ripetutamente i più alti campanili "per scoprire in mare vele e vascelli tanto lontani, che venendo a tutte vele verso il porto passavano due ore e più di tempo avanti che, senza il mio Occhiale, potessero essere veduti" scrive Galileo in una lettera. Così il nostro ottiene uno stipendio di mille fiorini annui e la cattedra universitaria a vita: un successo.

Ma di lì a poco Galileo trasforma il pratico utensile in uno scellerato apparecchio scientifico. Guarda la Luna attraverso le sue lenti. E fa l'errore di accorgersi che la Luna è *sbagliata*.

Non è come Aristotele l'aveva descritta: composta di pura quintessenza (anziché della grossolana materia terrestre) e dunque perfettissimamente sferica, di superficie levigata come un cristallo. La Luna è, anzi, disastrosamente irregolare. Galileo annota: "È ripiena di eminenze, e di cavità simili, ma assai maggiori, a i monti, e alle valli, che nella terrestre superficie sono sparsi".

Sennonché Aristotele, al tempo, è ritenuto la massima autorità in materia di qualsiasi materia. Sul suo pensiero è fondata la Scolastica medievale e, dunque, l'insegnamento della Chiesa in Teologia. Su di lui poggia la sapienza dei dotti. Contraddire Aristotele non è contraddire Aristotele: è contraddire tutti coloro che pretendono di avere una qualsiasi attendibilità intellettuale. A Pisa, a Firenze, a Bologna, a Venezia, gli studiosi si schierano compatti: erra Galileo ad affermare che la Luna è errata, Aristotele è infallibile, la Luna perfetta. Galileo allora li invita a non fidarsi di Aristotele, né di Galileo, né di nessun altro: a guardare loro stessi, con i propri occhi, attraverso il cannocchiale. I dotti, semplicemente, si rifiutano di guardare.

"Così questi chiudono gli occhi alla luce della verità. Davanti a cose grandi, non provano alcuna meraviglia" scrive Galilei al grande Keplero. Questa è la critica che muove ai suoi accusatori: non tanto di essere irrazionali, di non sapere usare gli strumenti, di non avere il coraggio di scoprire cose nuove. Ma di non sapersi meravigliare.

Per me questo è bellissimo. La lettera più bella in assoluto, però, è quella che scrive il 16 luglio 1611 a Gallanzone Gallanzoni (sì, è esistita una persona, nella storia umana, che si chiamava Gallanzone Gallanzoni, era il segretario del cardinal Bellarmino). Qui Galileo mette in ridicolo il concetto stesso di perfezione.

Non esiste una perfezione in astratto, un numero o una forma geometrica perfetti, dice Galileo. Che significato ha sostenere – come facevano i sapienti in quel tempo – che la sfera è perfetta? Un cubo non è perfetto? E in cosa consisterebbe, esattamente, l'imperfezione? Perfetto, dice Galileo, può voler dire, al massimo, ottimamente adatto a un certo scopo. "Chi nella fabbrica delle muraglie si servisse di pietre sferiche, faria pessimamente, e perfettissime sono le angolari." Gli montano l'ira e l'ironia. E allora, anche se sta scrivendo al segretario di un cardinale, fa un esempio che tira in ballo testicoli e natiche: "Doveva il cuore e non gli occhi esser perfettamente sferico; ed il fegato membro tanto principale doveva egli ancora aver dello sferico più tosto che alcun'altre parti del corpo vilissime".

È grazie a Galileo che abbiamo capito un fatto: la Luna è come la Terra. Perché la Terra è, come la Luna e tutti i pianeti, un corpo celeste. Cioè noi non siamo, propriamente, sotto le stelle, ma *fra* le stelle. Anche solo per questo dovremmo dirgli: "Grazie, Galileo".

Torna, Selene. Torna con tutte le tue imperfezioni e i tuoi sbagli. Con le tue alture e depressioni. Torna con il tuo lato oscuro intero. Io non ho timore di guardare dritto in faccia il vero. Ho un cuore saldo, capace di meraviglia.

6
Kavanah

Selene ha sedici anni. È a Ravenna, città splendente d'oro e di mosaici dove è nata ed è rimasta a vivere finché ha abitato con i suoi. La capitale di un impero che ora è una godereccia cittadina di provincia. Quella che, secondo Borges, ha incantato e confuso i barbari invasori. La città scollegata da tutto, in cui è difficilissimo arrivare. La città da cui sembra impossibile andarsene, che fa bestemmiare gli automobilisti venuti da fuori, sperduti nel labirinto bizantino della sua improbabile viabilità. Si dice che solo i ravennati siano capaci di uscire da Ravenna. E, in effetti, Selene ne è uscita. Dopo la laurea, è andata a vivere da sola in quel di Rimini. Ma questo è stato dopo, molto tempo dopo.

Per ora ha solo sedici anni. Passeggia per Ravenna. È la fine di maggio, nella luce gialla e radente del tramonto. Vicino a piazza del Popolo sono allestite diverse bancarelle. Una vende libri usati, anche in lingua originale. Selene si ferma. Nota un vecchio volume in inglese, un po' malandato. Sulla copertina, color rosa, c'è un titolo che le sembra bellissimo: *Because I Was Flesh*. Lo compra, lo infila nella borsa, continua a camminare entrando nella piazza, dove è più fitto il viavai dei turisti.

A casa scopre che quel titolo bellissimo, *Because I Was Flesh*, *Poiché ero carne*, è il frammento di un salmo. Anzi scopre, leggendo, che tutto il libro è pieno zeppo di citazioni dall'Antico Testamento. E che tutto il libro brucia e inebria. Dalla prima all'ultima pagina. Nella prima sta scritto: "Questo libro è un canto della pelle; poiché sono nato incontinente. Tutto è stato creato dal desiderio. E Lui che ci ha creato desidera non meno di quanto possa farlo la carne. Perché Dio e la Natura sono giovani e seminali, e dalla mattina alla sera infuriano. Canterò come una prostituta, e per settant'anni".

L'autore, infatti, canta in modo dolente e magnifico, canta tutta la vita sua e di sua madre. Sono ebrei, si chiamano Dahlberg. E, nonostante l'opera sia piena di disperazione, alla fine Selene trova una frase che le entra dentro come una spada, un tatuaggio che le si marchia nel cuore: "L'estasi che chiamiamo vita". Selene legge e rimane, per un attimo, senza respiro. Decide in quel momento che la sua vita sarà un'estasi, a costo di vivere un'estasi infernale.

Adesso vuole sapere tutto. Tutto di tutti i passi e i personaggi citati da Dahlberg. Legge la Bibbia, lei che non è stata battezzata e per tutti gli anni di scuola è stata esonerata dall'ora di religione. Legge il *Cantico dei Cantici*. Sogna che un giorno troverà un uomo così appassionato e ardente da dichiararle l'amore recitando quei versi. E così intelligente da essere in grado di recitarglieli in ebraico. Nel frattempo, finito il liceo, se ne va a studiare Lingue orientali a Venezia: ebraico (e arabo come seconda lingua).

A chi le dice: «Ma proprio tu, che non credi in Dio?» risponde che l'ebraismo è l'unica religione più laica dell'ateismo. Una religione in cui Dio non può essere neppure nominato. In cui, se parli di qualcosa nominandola, allora quella cosa non può essere Dio. Cita poi i vari racconti della tradizione ebraica in cui i maestri mettono in dubbio l'esistenza di Dio o, addirittura, lo identificano col nulla.

Se le dicono: «Ma proprio tu, che sei una donna… una religione così maschilista?» risponde che l'ebraismo è essenzialmente una religione di donne. Che è matrilineare. Ossia, per l'ebraismo, è ebreo il figlio di una madre ebrea e di un padre non ebreo. Invece non è ebreo il figlio di un padre ebreo e di una madre non ebrea. Il vero soggetto religioso è la donna. Solo la donna è *veramente* ebrea. Mentre l'uomo... be', serve soltanto a fare i figli. E poi dice che i più grandi personaggi della Bibbia ebraica sono comunque donne: la sacerdotessa Deborah, alla quale dobbiamo uno dei più antichi esempi di poesia, insieme a Tamara, Rut, Ester e innumerevoli altre. I profeti sono semplicemente chiamati a riferire la parola di Dio, anche senza comprenderla o senza essere d'accordo; sono puri strumenti. Prosegue a raffiche serrate, con energia, con rabbia e con scherno, citando personaggi, episodi, commenti della tradizione, riportando interi passi in lingua ebraica. Ha un impeto sapiente che spiazza e soverchia l'interlocutore sprovveduto e dà del filo da torcere a un dotto.

Provocazioni? Certo, provocazioni. A Selene piacciono le provocazioni, la contraddizione, la lotta. E questo, secondo lei, è un altro punto di contatto – l'ennesimo – con la cultura ebraica.

Nella *yeshivah*, la scuola rabbinica, l'usanza è di studiare un testo in coppia con un compagno, uno di fronte all'altro. Uno *contro* l'altro, in un certo senso. Il primo studente formula un'ipotesi di interpretazione, l'altro ha il dovere di contraddirlo. Si studia così: discutendo. Vigorosamente, rumorosamente, a volte urlando e arrivando a perdere le staffe. Se poi il passo è troppo difficile e nessuno dei due studenti riesce a formulare una sua interpretazione, chiamano in soccorso il rabbino. Quest'ultimo li aiuta fornendo, dall'alto della sua maggiore esperienza, la propria lettura; e allora il compito degli studenti è di confutarlo con forza.

Non per niente nel *Talmud* ci sono episodi in cui qualcuno si lamenta con il compagno di studi perché quest'ultimo è troppo timido nell'avversarlo e troppo spesso gli dà ragione.

C'è, più di tutte, una parola ebraica che Selene ama e ha sempre in testa: *kavanah*. La *kavanah* è il trasporto, la veemenza, la partecipazione interiore, il coinvolgimento emotivo con cui si fanno le cose: eseguire un precetto, pregare, cantare. Tutto deve essere fatto con *kavanah*. Non è lecito leggere la Bibbia in silenzio, bisogna leggere ad alta voce. Tanto che nella tradizione ebraica la Bibbia non è chiamata La Scrittura, ma *Mikrà*, La Lettura. Non si può pregare da fermi, bisogna muovere il corpo, oscillare avanti e indietro, piegarsi e raddrizzarsi incessantemente. Ma, soprattutto, bisogna metterci l'anima.

Kavanah, kavanah. Per Selene nulla esiste senza *kavanah*.

Toccare con le mani le parole sul rotolo della *Torah* non è permesso. E, se serve al rabbino per ragioni didattiche, o serve al ragazzo semplicemente per tenere il segno, si usa una lunga bacchetta che termina con la riproduzione di una piccola mano con l'indice teso: lo *yad*. Non è una forma di rispetto per la Bibbia; è una forma di precauzione. La Parola di Dio brucia. Nella tradizione cabalistica è definita "fuoco nero su fuoco bianco".

E Selene, avrete capito, ama il fuoco.

7
Donare la vita

Nel *dojo* tutto è esattamente come deve essere. Pulito e ordinato. Con il *kamiza*, l'altare degli spiriti, in fondo alla sala, e sul lato opposto l'ingresso da cui gli studenti entrano composti, uno a uno, facendo un piccolo inchino prima di salire sul *tatami*. Quell'inchino ha un nome: *ritsu-rei*. Perché ogni cosa, nel *dojo*, ha un nome e una forma esatta. Ogni tecnica, ogni modo di sferrare un attacco o di pararlo, di stare fermi in guardia, ogni piccola componente del vestiario e dell'armatura, ogni parte della spada, ogni porzione della lama, ogni modo in cui le spade si possono incrociare prima o durante il combattimento, ogni singola fase di cui si compone l'estrazione dell'arma dal fodero. Ha un nome ogni minimo moto del pensiero, per quanto invisibile agli occhi e pressoché incomprensibile al principiante.

Lo *zanshin* è la tensione vigile che bisogna sforzarsi di mantenere durante tutto il combattimento.

Il *seme* è la pressione della mente contro la mente dell'avversario, quando si è decisi a colpire e si cerca un varco anche minimo nella sua difesa, un attimo di incertezza o di distrazione.

Il *kime* è l'assoluta risolutezza di attaccare in quel momento. È un punto da cui non c'è ritorno, anche se le braccia non hanno ancora materialmente impresso nessun movimento alla spada.

Ogni cosa ha un nome, nel *dojo*. E Pietro li conosce tutti. Sa tutto quello che il suo corpo e la sua mente fanno dal momento in cui sale sul *tatami* al saluto con cui la lezione si conclude.

Così è felice. Perché per lui il controllo di sé, fino al dettaglio del respiro, corrisponde alla felicità.

Dopo la lezione si ferma spesso a parlare con il maestro. Anzi, di solito esce insieme a lui dal *dojo*.

Quella sera, Selene si era allontanata da poco meno di un mese, il maestro gli disse che aveva ordinato uno stock di *bokuto* in quercia bianca, e che sarebbe arrivato nel giro di qualche giorno dalla Germania. Disse anche di averli cercati in legno di ciliegio, ma non c'era stato verso di trovarli.

«Alcuni pensano che il *bokuto* sia una finta arma,

come lo *shinai*. Invece no, il *bokuto* è un'arma vera. Altroché!»

Ecco, se non siete praticanti del kendo, se non avete una particolare confidenza con le arti marziali giapponesi, forse quest'ultimo discorso vi sarà risultato poco chiaro. D'altra parte, qui il maestro e Pietro parlano fra loro sapendo di essere soli, e non sentono nessuna necessità di farsi comprendere da chi – a loro insaputa – li sta origliando tramite la pagina di un libro. Vorrà dire che di chiarirvi la cosa mi occuperò io, che in questa strana faccenda ho il ruolo di narratore – dato che, a mio modestissimo avviso, il primo dovere del narratore è appunto quello di fare in modo che le sue pagine risultino comprensibili al lettore.

Insomma, senza tirarvela lunga e senza fare tanto il maestrino, vi basti sapere quanto segue. Lo *shinai* è una spada fatta di stecche di bambù. È ragionevolmente innocua e si usa per darsele di santa ragione, come avviene nelle competizioni sportive e, più in generale, nelle simulazioni di combattimento. Il *bokuto* (o *bokkèn*) è una spada di legno – tradizionalmente legno di quercia o di ciliegio, come diceva il maestro poc'anzi – che ricalca nella forma la *katana*, ossia la spada d'acciaio. Appurando che è di legno anziché d'acciaio, il profano potrebbe comprensibilmente pensare che si tratti di un simulacro, una finta arma, un semplice e innocuo sostituto di quella vera. Non è così, anche se talora questa errata convinzione si estende ai praticanti con una qualche esperienza. Ed è appunto di questo che si lamentava il maestro.

Ecco qua quanto vi dovevo, visto il mio ruolo. Ora proseguite pure da soli a origliare, se vi va. Io ho altro da fare.

«Un'arma micidiale. Altro che finta!» prosegue il maestro.

«Era l'arma di Musashi, il samurai più famoso della storia. Musashi combatteva con una spada di legno. Anzi, con due.»

«Esatto, con due. La spada lunga nella destra e la spada corta, il *wakizashi*, nella sinistra.»

«Ha sempre usato il legno nei duelli? Sapevo che ha vinto il suo primo incontro a tredici anni sconfiggendo un noto spadaccino. Lo ha colpito in testa finché l'avversario non è morto vomitando sangue.»

«Ma con un *bokuto* non c'è neanche bisogno di fare dei danni alla testa. Basta un colpo ben assestato a un braccio per provocare la morte.»

«Perché?»

«Perché rompe le ossa. Un colpo serio provoca delle fratture tremende e danneggia i vasi sanguigni in modo, a volte, grave. Quindi il braccio va in cancrena. E a quei tempi per una cosa simile non c'era scampo.»

«No?»

«No, assolutamente. Invece la spada d'acciaio taglia di netto. Un colpo al braccio fa perdere l'arto, ma non si muore. Ecco perché si dice che la *katana* "dona la vita".»

Questa conversazione sarebbe tornata in mente spesso a Pietro nelle settimane seguenti. Molto, molto spesso.

Selene se ne era andata provocandogli una ferita terribile, mutilandolo e tagliandogli via di netto una parte. Ma l'aveva fatto per salvarlo. Aveva tentato, disperatamente, di donargli la vita.

8
Bolgia degli inghiottiti

Oggetto: Cyanobacteria

Selene,
di continuo ti penso.

Penso alle storie, l'unico modo che ora ho di stare con te, di toccarti, di chiamarti.

Penso a quelle che ti ho raccontato in queste settimane e a quelle che mi restano da raccontarti.

Penso all'errore che hai dentro e che, dici, renderebbe la nostra esistenza impossibile.

Poi penso a tutti gli errori del mondo.

A tutto ciò che, grazie a quegli errori, ha inaspettatamente visto la luce e preso vita. Penso allo sbaglio che migliora, alla perdita che arricchisce, alla caduta che innalza, all'inciampo che mette le ali ai piedi, alla

pecca che si rivela, infine, una forma superiore di perfezione.

Conosco molte storie, Selene. Ma ora, tutte le storie che conosco, tutte le storie che mi si affacciano alla
mente e che riesco a ricordare, sembrano affermare la
medesima cosa. E cioè che l'errore è il battito di coda
dell'esistenza, il modo in cui essa procede e si traccia
una strada nelle tenebre. Che l'inadeguatezza è il suo
respiro, e la disperazione il suo caldo, rosso, palpitante
cuore.

Da quando sei partita ti ho scritto solo tre lettere.
Una narrava un evento di miliardi di anni fa. Un'altra
era la mia versione di un episodio biblico. L'ultima parlava di qualcosa che è accaduto a un personaggio storico. In ognuna di queste c'era un errore e uno squarcio. Ti ho raccontato della Luna, strappata dal fianco
del mondo come una Eva. Poi di Eva. Poi ancora della
Luna.

Queste tre storie lontanissime si toccano in qualche
strano modo. E si chiamano. E gettano luce le une sulle
altre. Perché solo ora che sappiamo come si è formata
la Luna possiamo davvero capire fino a che punto avesse ragione Galileo. Lui sosteneva che la Luna è come
la Terra; noi sappiamo che la Luna è, di fatto, un pezzo
della Terra che si è staccato via.

È questo che accade, anche quando non ce ne accorgiamo; le storie contengono altre storie. Che contengono altre storie. Che contengono altre storie. Le storie si toccano, si chiamano, gettano luce l'una sull'altra. Ed è così che giungono fino a noi. È così che ci coinvolgono e ci commuovono: toccano la nostra storia, la chiamano, ci illuminano. A volte con un fioco bagliore, a volte scatenando esplosioni di luce.

Se così non fosse, semplicemente, nessuna storia potrebbe interessarci. Ogni racconto risulterebbe, a chiunque, estraneo. E mortalmente noioso. La narrazione non avrebbe altra utilità se non indurre il sonno. E allora tutto verrebbe, a ragione, per sempre dimenticato.

Invece io non posso dimenticare. E non posso dormire.

E allora chiedo a queste storie – chiedo a loro perché non ho altro modo – di raggiungerti, di venirti a toccare, di chiamarti, e farsi chiarore per i tuoi occhi.

Ho deciso di essere lunatico, ossia perfettamente regolare. Di continuare a raccontarti, ogni volta: una storia primordiale, seguita da una biblica, seguita da una storica. Tre narrazioni legate l'una all'altra. Come dire, ogni volta tre M&M's di tre colori diversi, quelli che preferisci. Uno rosso, uno giallo, uno azzurro, se vuoi.

Eravamo rimasti qui. La Luna, strappata dal fianco del mondo, gli è comparsa accanto nel cielo. Il nostro pianeta è ancora una palla incandescente. Si sta svegliando. E poi, cosa è accaduto?

3,85 miliardi di anni fa
La Terra ha appena smesso di essere una palla incandescente. Sul nostro pianeta compare la vita.

Sì, questo fenomeno così misterioso e splendido, così oscuro e mirabile, irrompe non appena si presentano le condizioni minime. Come se attendesse da tempo dietro la porta del creato, scalpitando. Come se ardesse dal desiderio di entrare nell'esistenza. La vita preme. Urge.

Allora tu puoi dire: "Se ci ha messo così poco ad apparire, la vita, chissà con quale impazienza, con quale rapidità avrà salito i gradini dell'evoluzione! Chissà con che estro e con che furia avrà proliferato in miriadi di diverse forme! Chissà quali e quante cose di lì a poco saranno successe, di botto! Eh, quali? Eh, quante? Quante, dimmi un po', quante?".

Nessuna.

Per oltre due miliardi di anni, a livello evolutivo, non succede niente. Nulla di nulla. La vita rimane immobile, incollata al suo grado più elementare: esseri unicellulari, batteri.

Batteri e nient'altro che batteri. Batteri a perdita d'occhio. Ovunque tu sia, Selene, cessa un attimo di leggere e guardati attorno, volgendo gli occhi in una qualunque direzione, e pensa: "Batteri, batteri, batteri, batteri: una volta qui era tutto batteri".

E cosa fanno i batteri, vivendo? Niente di nulla. Nulla di niente. Esistono. Sono. Vivono. Punto. Basta.

Immagina lo sterminato, immoto panorama. In confronto un *dojo* di monaci zen sprofondati nella meditazione è la festa di Pamplona in cui i tori scorrazzano per le strade, è la serata d'apertura del Carnevale di Rio.

Io penso, a volte, ai musoni eternamente annoiati, agli snob terminali, a quelli secondo cui non c'è mai niente di interessante da vedere, nulla di eccitante da fare. Ecco, mi piacerebbe che un qualche moderno Virgilio li accompagnasse a fare un giro fin laggiù, nell'Archeano: tre miliardi di anni fa.

Ma allora cosa mette fine alla stasi e allo stallo? Cosa fa sì che l'evoluzione si sprigioni? Cosa mette in moto il mondo, fino alla vertiginosa varietà degli organismi che oggi conosciamo?

Un errore.

Un errore, per di più, abbastanza imbarazzante.

La storia è stupenda, una delle mie preferite. Ha due protagonisti.

Ora, non voglio illuderti, Selene. Si tratta di due personaggi dell'unico tipo che è possibile avere adesso:

esseri unicellulari. E tu penserai: "Ah, due personaggi carismatici! Non vediamo l'ora di sapere cosa abbiano combinato, queste due sagome!".

Eppure, strano ma vero, la storia è sorprendente.

Dunque, il primo a entrare in scena è il cianobatterio, volgarmente (e impropriamente) chiamato anche alga azzurra. Come passa le sue giornate costui? Vero viveur, scavezzacollo impenitente, zuzzurellone pazzerello, mangia... acqua – wow! Dopodiché ne scompone la molecola, trattiene l'idrogeno come risorsa utile ed espelle l'ossigeno come scoria.

Soffermiamoci su quest'ultimo punto. Potrà sembrarti antintuitivo che l'ossigeno, un elemento così prezioso per noi, venga espulso come scoria. In realtà, riflettendoci, la stranezza non è espellere l'ossigeno, ma trattenerlo e utilizzarlo. Perché l'ossigeno è un veleno letale, una sostanza spaventosa che tutto corrompe e porta alla rovina. Pensaci. Cosa fa irrancidire il latte? L'ossigeno. E cosa fa arrugginire il ferro? L'ossigeno. E quando il nostro corpo è attaccato da un batterio nocivo, con quale micidiale arma lo difendono i globuli bianchi, nostre truppe difensive? Con l'ossigeno. Assestano colpi mortali di ossigeno agli immondi invasori.

Dunque è normale, l'ossigeno si espelle: è una scoria, un veleno.

I cianobatteri hanno un successo travolgente. Si

moltiplicano come conigli, se mi passi il paragone. Così facendo riempiono l'atmosfera di ossigeno, condannando all'oltretomba le forme di vita per cui l'ossigeno è nocivo: ossia quasi tutte le altre. La Grande Mietitrice – in questo caso certosina non meno che grande – percorre in lungo e in largo il globo. Si tratta, tecnicamente, pur nella sua apparente insignificanza, del più grande sterminio di esseri viventi di ogni tempo.

Ed è adesso, dopo siffatto sterminio, che entra in scena un secondo personaggio, più grosso del primo: un batterio ameboide.

Non è un'ameba: un'ameba in confronto a esso è un essere altamente evoluto. Ma si comporta in modo simile a un'ameba. Ossia, si muove deformandosi, prolungando protuberanze, ritirando o allungando sporgenze, contraendosi ed espandendosi. Più molle di un mollusco, più gelatinoso di una medusa. *Blublùb, bl-bl-blùb, bbblùb.*

Mangia per fagocitosi. Cioè? Cioè avvolge, come un blob, la preda, ne assorbe le sostanze nutritive, poi rilascia le scorie semplicemente ritirandosi da essa. *Bblu-blùb.*

Avviene che il batterio ameboide incontri il cianobatterio: l'uno famelicamente disposto alla fagocitosi, l'altro ignaro di tutto, intento a mangiare acqua e sputare via ossigeno, nel suo spensierato candore.

Si sa com'è la natura. La natura è spietata. In natura il leone mangia la gazzella, il lupo mangia l'agnello, il pesce grande mangia il pesce piccolo. E il batterio ameboide mangia il cianobatterio.

O meglio: tenta di mangiarlo. Perché poi accade un incidente. Un incidente, come ti ho anticipato, oltremodo imbarazzante. I due protagonisti, per loro fortuna, sono provvidenzialmente sprovvisti di un cervello e, di conseguenza, della facoltà di provare imbarazzo. Mi imbarazzo comunque io al posto loro nel riferirti cosa è successo.

L'ameboide inghiotte il cianobatterio. Ma non riesce a digerirlo. Non riesce neanche a espellerlo, però, nonostante tutti i tentativi disperati di sputarlo fuori, vomitarlo, liberarsene. *Bblgh, bblblbùgh!*

Rimangono così: incastrati. L'uno dentro l'altro. L'altro con dentro l'uno.

Poteva essere la fine (indecorosa) per entrambi.

Invece succede l'impensabile.

Accade il miracolo.

I due imparano, incredibilmente, a convivere. A mantenere quella situazione assurda. Come Cappuccetto Rosso che rimane viva dentro la pancia del lupo, tanto che, alla fine della favola, salta fuori dallo stomaco della belva sana e salva. Come il profeta Giona dentro le viscere della balena (sì, Selene, lo so che in realtà il testo biblico parla semplicemente di un grande pesce, *dàg gadòl*, ma non sottilizziamo).

Ecco che nasce un nuovo tipo di cellula. Un tipo di cellula così strampalato, scalcagnato, sgangherato, che sarebbe ragionevole aspettarsi una resistenza di appena qualche giorno, o qualche settimana. Invece popolerà la Terra per migliaia di anni, milioni di anni, miliardi di anni. Conquistando il pianeta. Sbaragliando qualsiasi concorrenza.

La supremazia dipende soprattutto da un fatto. Questo tipo di cellula ha imparato a fare una cosa nuova: creare colonie, cioè organismi di più cellule, esseri pluricellulari.

Tutte le forme di vita che vedi a occhio nudo, fiori, alberi, cani, gatti, topi, funghi, alghe, persone, sono originate da cellule eucariote, cioè cellule che sono figlie di figlie di figlie di figlie... di figlie di figlie di un batterio che ha provato a mangiarne un altro più piccolo, ma non è riuscito né ad assimilarlo né a vomitarlo, cosicché i due hanno dovuto imparare a convivere.

Le cellule dell'organismo umano, per esempio, contengono un nucleo; nel nucleo è conservato il nostro DNA, quello che custodisce la nostra descrizione. Ma dentro la stessa cellula, fuori dal nucleo, nel citoplasma, ci sono anche i mitocondri, organelli provvisti del loro proprio DNA, eredi di un qualche batterio inghiottito e sopravvissuto nel ventre del suo inghiottitore.

Bene, noi siamo fatti così. Siamo fatti di cellule eucariote. Tutti. Siamo fatti da miriadi di minuscoli lupi, ciascuno con una microscopica Cappuccetto Rosso sana e salva nella pancia.

Siamo fatti di fantastiliardi di balene, ciascuna con il suo Giona vivo nello stomaco.

Sì, siamo fatti così. Penso che la gente dovrebbe saperlo. E accettarlo.

Voglio dire: se a uno capita, qualche mattina, di svegliarsi e di sentirsi strano, be', non c'è da meravigliarsi. È molto più meraviglioso che tutti gli altri giorni gli sembri di esserlo, normale. Non lo siamo. Nessuno di noi lo è, Selene. Per niente. Credimi.

*

Oggetto: Giona

Ciao Selene,
come ti sei svegliata questa mattina?

Come stanno le tue miriadi di Cappuccetti Rossi dentro i loro lupi?

Come si sentono i tuoi fantastiliardi di Giona dentro le loro balene?

Urlano? O piangono? Ti chiamano? Restano ammutoliti? Si odiano l'un l'altro o stanno in pace?

I miei sono un po' in subbuglio.

Per mantenere la promessa ora devo narrarti una storia biblica che abbia a che fare con la mia mail precedente. Per esempio una in cui un personaggio venga inghiottito da un altro personaggio e rimanga vivo dentro il suo ventre. La prima – e l'ultima – che mi viene in mente è quella che ho già citato: Giona.

Scelta banale, forse. Ma prima o poi sarebbe saltata fuori, la storia di Giona. Fra tutte quelle che ho letto – che mi hai fatto leggere, più che altro – nella Bibbia, è quella che mi ha più colpito, che ha più inquietato i miei sogni. È tutto così, perfettamente, completamente, sbagliato!

Giona 2, 1

Già dal principio: avrebbe potuto nominare chiunque, ma Dio sceglie Giona come suo profeta. "Avrà fatto bene" uno si dice. "Avrà preso il migliore!" E invece no. Dio ordina a Giona di andare a Ninive, in Mesopotamia, cioè a oriente di Israele. Ma Giona, semplicemente, non se la sente. Fugge a Tarshish, cioè nell'odierna Spagna, nella direzione opposta.

Un grande inizio, non c'è che dire. Ma è quello che succede dopo che mi trafigge. Lo sai: il fuggitivo trova un equipaggio diretto là. Paga la sua tariffa, si imbarca, parte.

Eh, ma non si scappa da Dio. E Dio scaglia una tempesta contro di lui. Quante volte ho sognato quei versetti, pure a occhi aperti! Sono poche pagine, ma non mi stancano mai. Le ho lette e rilette decine di volte. È l'unica parte delle Scritture che posso dire di conoscere sul serio. Parola per parola. Lettera per lettera.

Le onde si innalzano rabbiose. Sono un'orda di mostri marini pronti a divorare la nave. Il mare si arruffa e si scompiglia, finché la spuma dei flutti tocca il bianco delle nuvole e, sotto l'imbarcazione, compare, a tratti, il fondo sabbioso.

I marinai sono disperati. Originari di diverse terre, raccomandano l'anima ciascuno al suo dio; un'insalata mista di suppliche, una luttuosa macedonia di salmi.

C'è chi consulta un oracolo. E dall'oracolo, naturalmente, risulta che la colpa di quella devastazione è da attribuire a uno solo: Giona.

Gli altri lo circondano, come i cavalloni spaventosi circondano la nave. Lo riempiono di domande: «Chi sei?», «Da dove vieni?», «Cosa hai fatto?».

Giona spiega ogni cosa. È un ebreo e ha disobbedito al suo dio. Gli aveva ordinato di andare a oriente. Invece lui sta andando con loro, verso occidente. «Che fare allora, perché non si muoia tutti per la colpa di uno?» gli chiedono.

A questo punto Giona ha un lampo di lucidità eroica,

di eroismo lucido. Dice: «Dio vuole solo me, perciò, se mi gettate fuori, vi lascerà in pace». Così i marinai, in mezzo alla burrasca, lo sollevano e lo scagliano in pasto alle acque.

E, in effetti, appena il corpo di Giona esce dallo scafo, appena abbandona l'area di coperta, subito la furia del mare si addomestica, tace l'urlo del vento. Si fa sereno. La nave è salva.

Giona, invece, sprofonda nei flutti.

Arriva un pesce, un pesce grande, enorme. E lo inghiotte.

Si ritrova dentro lo stomaco di un animale, nel buio. E da quell'oscurità urla la sua disperazione a Dio. Crede che quella sarà la sua tomba.

Non sa che lo ha mandato Dio, che è un suo regalo.

Sei stata tu a spiegarmelo, ricordi? Il testo biblico dice che Dio "dispose" un pesce per Giona. Il verbo usato in ebraico è *manà*; indica un conteggio, un calcolo, un progetto. Il mostro è stato fornito, procurato, procacciato a Giona. Infatti, mentre Giona piange e si dibatte nelle tenebre del suo stomaco, il pesce lo protegge dall'annegamento, lo trasporta a una velocità sovrumana – è il caso di dirlo – sulla terraferma, lo libera vomitandolo a riva.

Non solo lo ha sottratto alla morte. L'ha riportato nella direzione giusta.

Da lì Giona, finalmente persuaso, si metterà in cammino verso Ninive e compirà la sua missione. La città ascolterà le sue parole di fuoco, avrà fiducia in quest'uomo sfinito, lacero, insonne – e coperto di vomito di pesce – e farà penitenza.

Anzi, si pentirà in modo così accorato che Dio deciderà di risparmiarla. Quindi Giona, dopo essere stato salvato dal pesce, salverà un'intera città.

Così accade, a volte, nella vita.

Tu e io siamo nel buio, adesso. Siamo nel fondo del mare. Non sappiamo se e quando rivedremo la luce. Non sappiamo nulla. Con o senza Dio, la vita è immensamente imprevedibile.

Ciò che appare una spaventosa complicazione, il mostro che ci inghiotte e ci imprigiona nell'abisso, a volte ci salva, ci trasporta verso la giusta destinazione, dove da soli non saremmo mai arrivati. E può persino permetterci di salvare altre persone.

*

Oggetto: Fosco Maraini

Selene,
cosa c'è di peggio che essere inghiottiti da un enorme pesce? Cosa c'è di più difficile di dover imparare a so-

pravvivere dentro il suo stomaco? Forse essere inghiottito da un campo di prigionia nipponico, essere destinato
alla morte con tutta la propria famiglia, e imparare, invece, a sopravviverci dentro, a diventarne parte.

Nagoya, 1943

Fosco Maraini, etnologo, esperto di lingue orientali,
negli anni Quaranta si trova in Giappone. Insegna italiano all'università di Kyoto, la città dai mille templi,
capitale culturale del Sol Levante.

Durante la Seconda guerra mondiale, l'Italia e il Giappone sono alleati e il professor Maraini continua a insegnare nelle università nipponiche. Finché, l'8 settembre
del 1943, l'Italia firma l'armistizio. Da quel momento, per
i giapponesi – così come per i tedeschi – gli italiani diventano nemici della peggior specie: traditori.

A Fosco Maraini è concessa un'ultima possibilità:
gli si chiede di giurare fedeltà alla Repubblica sociale e
al fascismo. Rifiuta.

Il prezzo da pagare è la reclusione in un campo di
prigionia a Nagoya, insieme a tutta la famiglia: la moglie Topazia, la figlia Dacia, che ha sei anni, Yuki, che
ha tre anni ed è nata in Giappone, e infine la più piccola, Toni, di soli due anni, anche lei nata in Giappone.

All'interno del campo hanno un destino chiaro, ine-
quivocabile: la morte.

Ricevono del cibo ma, col passare del tempo, è sempre di meno, sempre di meno. E poi soprusi, angherie, prepotenze e derisione. Continuamente. Un giorno i soldati sottraggono loro la pagnotta, che gli viene restituita solo ore dopo, coperta di escrementi umani. I militari ridono.

Fosco Maraini teme per la sua incolumità e, soprattutto, per quella dei suoi cari. Molte volte chiede al comandante del campo di avere razioni più abbondanti: ha tre bambine piccole, rischiano di morire d'inedia. Ma ogni volta il comandante gli risponde a muso duro di tacere. Sono italiani, dunque sleali e codardi, perciò non hanno nessun diritto a un trattamento migliore. Le quantità di viveri continuano a diminuire. Fosco è disperato. Le prepotenze aumentano. Finché, al culmine dell'ennesimo diverbio, esasperato, impugna una mannaia.

Poggia la mano sinistra su un tavolo e si taglia di netto il mignolo.

Lì con lui c'è Dacia, la figlia più grande. Non capisce perché lo abbia fatto, il suo papà; scoppia a piangere.

Ma c'è anche il capitano, che è un militare, un militare giapponese. Lui lo capisce perfettamente: sa che non è il gesto insensato di un folle. Il suo volto si riempie di stupore e di ammirazione.

Quel gesto nella cultura nipponica ha un senso e un nome precisi: *yubi-kiri*.

Yubi significa "dito". *Kiri* è "tagliare". *Yubi-kiri* è il taglio del dito. Esattamente come *hara-kiri* è il taglio dell'addome. Lo *yubi-kiri* è l'atto con cui un uomo, la cui dignità è stata messa in dubbio, riguadagna il pieno rispetto degli altri.

Il comandante mai e poi mai si sarebbe aspettato quella dimostrazione di coraggio da un occidentale. Ordina che cessino immediatamente le angherie sui Maraini. Anzi, gli fa mettere a disposizione un piccolo orto da coltivare e una capra da cui mungere il latte. Così la famiglia di Fosco rimane nel campo di detenzione fino al termine della guerra, ma senza più dover temere per la propria incolumità.

Un dettaglio. Parlando di dita, il mignolo della mano sinistra può sembrarti il meno importante fra le dieci (è nella mano sinistra, in più è il mignolo). Ma c'è una cosa che sa chiunque abbia una conoscenza minima del *kenjutsu*, l'arte della scherma giapponese. La *katana*, la spada, si impugna con due mani: la destra più in alto, la sinistra più in basso (anche per i mancini è così). La mano che sferra il colpo, quella che imprime l'energia cinetica alla lama, in realtà, è la sinistra. La destra serve per mantenere la direzione. Ma c'è un altro fatto: per tenere la spada in modo corretto bisogna assicurarsi che il mignolo della mano sinistra si stringa attorno al fondo della *tsuka*, l'impugnatura. Ed è il dito che esercita la presa con più forza. Cioè, in poche parole, per un samurai, dovendo fare a meno di un dito, tagliare il mignolo sinistro rappresenta il sacrificio maggiore, quello che più compromette l'uso efficace dell'arma, e dunque quello che più mette a repentaglio la propria vita. La prova di massima temerarietà.

Ricapitoliamo. Il campo giapponese aveva inghiottito Fosco Maraini per distruggerlo. Ora invece deve mantenerlo dentro in buona salute. Non può farlo uscire perché è un italiano. Ma non può ucciderlo, perché si è guadagnato il rispetto dei giapponesi alla maniera dei giapponesi. Ha conquistato un posto di dignità nel loro sistema morale, è riuscito a diventare parte del loro ambiente. Devono imprigionarlo ma, allo stesso tempo, devono preservarlo.

A un tale grado di potenza può giungere il sapere: conoscere un'altra cultura al punto da poter diventare parte di un qualcosa che ti aveva inglobato per distruggerti.

Grazie a questo, la famiglia di Maraini è sopravvissuta. Quanto ai soldati del campo di Nagoya, di' pure che sono uno zuccheroso ottimista, Selene, ma mi piace pensare che da quel momento siano diventati almeno un poco più umani.

Se non altro, hanno avuto cinque vite in meno sulla coscienza.

Fosco Maraini si è sempre impegnato per comprendere anche ciò che era più lontano da lui. Percorreva questo pianeta come un alieno appena giunto, con la stessa meraviglia. E con la stessa curiosità vorace. Si definiva scherzosamente "*Citluvit*, cittadino della Luna in visita di istruzione sul pianeta Terra. In visita di istruzione per cercar di capire".

E io dovrei smettere di farmi domande su di te? Dovrei smettere di interrogarmi su dove sei finita? Non chiedermelo, mia Luna! Sono tuo cittadino, per sempre. Sei tu la mia casa. Soltanto sul tuo suolo, soltanto fra i tuoi picchi e le tue valli, solo nella tua luce e nella tua ombra non sono un alieno.

9
Asino chi legge

Pietro pensa che tutto ciò che vive e prospera abbia un ordine, una struttura precisa, una qualche organizzazione. Pur nella varietà lussureggiante e scatenata delle infinite forme esistenti. Ci sono i vertebrati, che hanno i muscoli fuori dallo scheletro. Gli artropodi (millepiedi, ragni, scorpioni) che hanno, viceversa, lo scheletro fuori dai muscoli. I gommosi molluschi che hanno muscoli, ma non hanno scheletro. I ruvidi echinodermi (le stelle marine, i ricci di mare) che hanno simmetrie pentagonali. I gelatinosi cnidari (meduse, anemoni), gli spugnosi poriferi. Ma questa estrosa e rutilante varietà ha un punto di contatto: tutti questi esseri viventi hanno comunque una forma (non a caso vengono definiti "forme di vita"). E tutto quello che ha una forma precisa merita un preciso nome.

Ecco riassunta una delle principali convinzioni di Pietro. Perciò il nostro, a volte, proprio non riesce a capacitarsi di come si possano attribuire certi nomi a certe cose. L'uso delle parole correnti, specie dalle sue parti, lo lascia piuttosto attonito.

Non è mai riuscito a comprendere, per esempio, il fatto che dalle sue parti si usi il termine "bolgia" per indicare una situazione di estremo benessere. "Siamo in bolgia" significa, dalle parti di Rimini, "stiamo festeggiando, stiamo fra amici e ci divertiamo". E alla domanda: "Com'è andata ieri la serata?" si può sentir rispondere spesso: "Ah, è stata bellissima! Abbiam fatto una gran bolgia!".

Pietro non è un letterato, ma ricorda vagamente dal liceo che in Dante le bolge erano zone dell'Inferno. La bolgia dovrebbe rappresentare, ragionevolmente, una situazione di dolore, di disperazione, di patimento, di sofferenza, in cui gli unici a potersela ridacchiare, semmai, sarebbero i diavoli addetti alle torture. Che i romagnoli si identifichino con i suddetti diavoli, allora? Non sembra neppure quella la risposta. Pare quasi, invece, che ci sia un valore attribuito al caos fine a se stesso.

Quante volte si è sentito invitare a una festa o a un evento con formule come: "Vieni anche tu, dài! Più siamo, più casino facciamo!" o "Vieni, ci divertiamo! Almeno facciamo un po' di cagnara!".

Non c'è, forse, una cosa più lontana di questo dalla personale idea di felicità che Pietro si porta dentro: la cagnara, il casino, la confusione, ciò che c'è ma non ha una ragione di esserci, ciò che esiste ma non ha nessuna forma, ciò che ha una forma ma poi ne assume improvvisamente un'altra.

Selene lo sa bene. Questa è, anzi, una delle cose a cui ha pensato con più insistenza quando ha deciso di partire.

Ma torniamo al discorso da cui eravamo partiti. A Pietro non piacciono per nulla le divagazioni.

Si diceva all'inizio: Pietro apprezza l'ordine. Vi basta entrare nel suo appartamento per rendervene conto. Fate un giro dentro e poi ditemi. Vedete cose fuori posto? Non credo. Ci sono piatti rimasti nel lavandino? Il sacco dell'umido emana cattivo odore? Non mi sembra. Si direbbe che l'appartamento si sforzi di assomigliare a un *dojo*.

Già il modo in cui Pietro sistema la libreria la dice lunga. Per la maggior parte sono saggi, divisi per argomento: biologia, antropologia, storia, eccetera.

Poi c'è la sezione delle arti marziali, naturalmente: *Il libro dei cinque anelli* di Miyamoto Musashi, *L'arte della guerra* di Sun Tzu, *Hagakure* di Yamamoto Tsunetomo, cose così. A fare da anello di congiunzione fra i due filoni, trattati di anatomia umana. «La vera arte marziale è conoscere il corpo» ripete spesso il suo maestro.

Così tutto torna. E, come avrete capito, a Pietro piace molto che tutto torni, che i conti quadrino.

Certo, in questa compostezza mirabile ci sono anche delle imperfezioni: volumi che non rientrano nel cerchio perfetto, corpi estranei, incrostazioni sul diamante, piccoli pesci pilota che vivono in simbiosi con il grosso squalo.

Una traduzione del *Cantico dei cantici*, un'altra del *Qohelet*, fiabe ebraiche, romanzi e poesie di autori israeliani o di origine ebraica: regali di Selene.

Intendiamoci, non che Pietro ne abbia poi tanti, di libri in casa, anche se passa assorto nella lettura una parte considerevole del suo tempo. Il fatto è che lui in realtà non legge, piuttosto studia.

Apre i volumi come entra nel *dojo*, con un atteggiamento di vigilante umiltà, la ferma intenzione di imparare qualcosa e di spostare un poco in avanti il limite della concentrazione sin lì raggiunta. Sta di fronte al flusso delle parole come a un avversario sul *tatami*. Se un'opera lo lascia perplesso o indifferente, pensa per prima cosa di non essere riuscito a comprendere le intenzioni dello scrittore. Una mancanza paragonabile al non essere riuscito a decifrare i movimenti dei piedi o dell'arma dell'altro spadaccino, il che, per la sua esperienza nel kendo, semplicemente equivale alla sconfitta.

Reagisce tentando di nuovo, con un livello superiore di impegno. Solo dopo che tentativi molto seri sono andati a vuoto, prende in considerazione l'ipotesi che il mancato apprezzamento non sia colpa sua, ma demerito dell'autore.

Pietro si trova agli antipodi antropologici rispetto a coloro che si avvicinano anche a classici augusti senza la benché minima deferenza o cautela, pretendendo anzi che i suddetti gli procurino in fretta un'adeguata dose di svago e di relax. E lasciano sui siti di commercio elettronico recensioni del romanzo appena letto con lo stesso identico piglio di chi giudica il servizio offerto da un centro benessere, da uno stabilimento balneare, da un bar in cui si consumano aperitivi.

Tanto per fare qualche esempio, c'è chi scrive in merito a I fratelli Karamazov di Fëdor Dostoevskij: "Noioso. Per tutto il libro, l'autore si è perso in descrizioni. Tranne pochi piccoli momenti, il libro ha una trama lenta e pesante", o: "Il giudizio che esprimo su quest'opera è piuttosto negativo. Poche volte ho desiderato arrivare alla fine di un libro per sfinimento, e questo è uno di questi casi! Il racconto in sé è anche piacevole (un omicidio, un imputato, qualche colpo di scena), ma è talmente prolisso e denso che ha reso questa lettura una delle più noiose della mia vita!".

E su *Anna Karenina* di Tolstoj: "A parte la difficoltà dei nomi, un libro abbastanza piacevole".

E su *Guerra e pace*: "Sinceramente mi aspettavo di più da quest'opera", ma anche: "Per leggerlo bisogna impegnarsi come a scuola. Per me leggere è svago e piacere. Con questo libro non l'ho trovato".

Su *Moby Dick* di Melville: "Il libro parte bene ma si dilunga troppo in descrizioni di cetacei e barche, con termini troppo settoriali"; "È un'accozzaglia di capitoli insulsi dove la descrizione di baleniere, megattere, capodogli e spermaceti la fanno da padrone, tralasciando invece la vera essenza epica del romanzo. *Moby Dick* viene catalogato come il più famoso romanzo della letteratura americana e molto spesso viene fatto leggere ai ragazzi nelle scuole nel periodo dell'adolescenza, sotto forma di avventura, ma a mio avviso questa non si può considerare tale, a causa del fatto degli innumerevoli capitoli descrittivi, che portano con il tempo il lettore a odiare il romanzo e abbandonarlo prima della fine".

E su *Il grande Gatsby* di Francis Scott Fitzgerald: "Ho visto il film e tutta presa ho voluto provare a leggere anche il libro… Sono arrivata alla festa generale e non ce l'ho più fatta a proseguire… pesantisssssssimo… Però il film con Leonardo DiCaprio è fighissimo…", o: "Carino ma mi aspettavo di più. Storia molto semplice, poco calata nella realtà e con troppi cambi di scena. Non l'ho apprezzato molto", o: "Parte un po' lento e si fa fatica a seguire la storia, si riprende un po' nella parte centrale con colpo di scena finale ma complessivamente la storia non mi colpisce più di tanto", o: "Noiosetto. Mi aspettavo un libro più avvincente. Invece mi è sembrato abbastanza noioso. La nota positiva è che almeno non è lungo".

Se a Pietro capitasse di leggere questi commenti, lo coglierebbe un senso di sottile imbarazzo. Selene si farebbe una fragorosa risata. Ma, nel cangiante labirinto della rete, nessuno dei due è mai incappato in queste frasi. E forse è meglio così.

Dicevamo. Come riassumere l'atteggiamento di Pietro verso i libri? Verrebbe quasi la tentazione di usare, con senso del tutto mutato, una vecchia frase: asino chi legge.

Verrebbe sì, ma Pietro non approverebbe la cosa; direbbe, in modo rispettoso ma perentorio, che essa non è esatta.

Infatti, gli asini si sono evoluti nei deserti rocciosi dell'Africa, di cui sono originari. La selezione naturale ha insegnato loro a procedere con cautela e guardare costantemente dove mettono le zampe, pena il rischio di azzopparsi. I loro cugini cavalli, al contrario, provengono dalle vaste praterie, in cui è possibile galoppare a gran velocità senza badare tanto a dove si posano gli zoccoli, perciò è loro abitudine correre spensieratamente e con irruenza, senza nessunissima abitudine alla riflessione. Sono – espressione, questa sì, consona – pazzi come cavalli.

Quindi chi usasse la parola asino per indicare un intelletto ottuso e incapace di ponderare con pazienza la situazione sbaglierebbe di grosso. E sbaglierebbe per ignoranza o per avventata leggerezza. Parlerebbe senza ben ragionare e senza ben preoccuparsi di sapere. Cadrebbe in fallo proprio per non essere stato abbastanza asino.

Gli asini, per abitudine ancestrale, pensano, ponderano, ragionano, meditano lungamente prima di decidere che direzione intraprendere. Una direzione dalla quale, poi, non sono disposti a discostarsi neppure con le bastonate. Se il padrone gli indica una via sbagliata, quella via è sbagliata e basta, e non saranno certo il capriccio e la volubilità di un uomo a fargli cambiare idea. Vanno dalla parte giusta con costanza stoica, costi quel che costi, per quanto sia doloroso e per quanto questo spinga gli altri a considerarli, del tutto erroneamente, ottusi e testardi.

A Pietro piaceva proprio tanto questa virtù degli asini. Anche lui aveva deciso in quale direzione andare. E ci sarebbe andato. Fino in fondo. Nonostante tutto.

10
Bolgia dei pesci fuor d'acqua

Oggetto: Colonizzazione delle terre emerse

L'altro giorno pensavo a dove diavolo sei finita, Selene. Non me lo dirai, lo so. Ma immaginavo, ripassando a mente i Paesi del mondo. Ti vedevo ora circondata dai ghiacci, ora nella calura desertica, ora nel verde della foresta, ora nella notte luminescente di qualche megalopoli. Io ero a Rimini. Sul molo, fra il viavai bonario dei turisti. Sono arrivato sotto la grande ruota panoramica. L'orizzonte divideva il cielo dal mare come un rigo vuoto in cui mancasse la frase, un cardiogramma piatto: c'era un muro di niente davanti ai miei occhi. Un "nessuna risposta" ribattuto a qualsiasi domanda dello sguardo.

La stessa risposta che ho da te alle mie lettere.

Niente.

Osservavo davanti a me e mi rigiravano in testa queste due parole: mare e niente, niente e mare.

Mio padre e mia madre si sono trasferiti qui dalla campagna. Per i miei antenati, che sono stati contadini, il mare non è mai stato nulla. Uno strano suolo su cui non si poteva camminare; terra inutile e inerte, che non si poteva rivoltare con l'aratro e non dava frutto; sostanza malata che ammazzava i semi; acqua che aumentava la sete invece di spegnerla. Uno squarcio d'insensato nel mondo.

Eppure veniamo tutti da lì.

400 *milioni di anni fa*

La vita è nata nell'acqua. Tutti noi – e intendo noi animali: mammiferi, uccelli, rettili, anfibi e via di seguito – proveniamo dal mare. Un tempo eravamo pesci, o comunque creature acquatiche.

E si sa qual è la peggiore cosa che possa capitare a un pesce: spiaggiarsi, ritrovarsi all'asciutto, finire nella disgraziatissima condizione del pesce fuor d'acqua.

Eppure, quattrocento milioni di anni fa, in pieno periodo Devoniano, accadde che alcuni animali marini uscirono dalle acque per avventurarsi sulle terre emerse.

Non sembrerebbe una grande idea, di primo acchito. Anzi, a dirla tutta, Selene, non sembra una bella pensata neppure dopo un'attenta analisi.

Fra tutte le trasformazioni che un organismo può subire nell'odissea dell'evoluzione, la colonizzazione terrestre è probabilmente la più radicale, la più drastica. Si tratta di imparare a estrarre l'ossigeno strappandolo dall'aria anziché filtrandolo dall'acqua. Si tratta di non potersi più difendere dai raggi del Sole scendendo sotto il fresco scudo delle onde. Si tratta di rinunciare alla spinta di Archimede e ingaggiare una lotta contro la forza di gravità a ogni passo.

In parole povere, è una follia. Eppure in questa scelleratezza non si cimentò un'unica specie; anzi, la prima fu imitata da molte altre, imitate a loro volta da molte altre ancora. E se l'essere umano "civilizzato" ci ha abituato a ogni forma di masochismo di massa in nome della moda, il pensiero di un tale comportamento da parte delle assennate bestie selvatiche mi desta sempre un certo stupore.

Uno si chiede: "Perché?".

Be', a quanto sappiamo, non c'è stata un'unica ragione, ma un poliedro di cause. E una delle facce di questo poliedro ha le sembianze di un terrificante predatore: il cladoselache, l'antenato dello squalo. Sì, i primi squali compaiono proprio in quel periodo: quattrocento milioni di anni fa. Un tempo abissale. Ed è incredibile quanto questi mostri fossero simili ai loro discendenti odierni. Per capirci, a occhio è molto più facile cogliere la somiglianza fra un cladoselache e un moderno squalo bianco che quella fra una Ferrari del 1948 e un modello attuale. Il fatto è che, fin da allora, lo squalo era un predatore impeccabile, una perfetta macchina di morte, ragion per cui non ha avuto bisogno di modifiche sostanziali. Ciò che nasce perfetto non muta.

Così molte bestiole hanno preferito togliersi di torno per un po': quattrocento milioni di anni circa, salvo eccezioni.

Ecco, ti dicevo: lo squalo è un essere perfetto. Ma c'è una cosa a cui dobbiamo tutti rassegnarci: tu e io per primi, Selene. Noi esseri umani siamo della genia di chi è pieno di errori, di chi sbaglia, è goffo, si caccia nei guai e deve cambiare strada, siamo della razza di chi muta e si trasforma. E compie metamorfosi assurde. Per esempio, abbandona le acque per la terraferma.

Ora, è vero che cambiare elemento è una trasformazione fra le più ardue che si possano immaginare. Ma chi è capace di questo disperato prodigio riceve un premio in cambio: ingigantisce. Sì, perché in quelle ere lontane le percentuali di ossigeno nell'atmosfera raggiungevano livelli altissimi: toccavano il trentacinque per cento, contro il venti per cento dei giorni nostri. Nel Carbonifero, il periodo immediatamente successivo al Devoniano, il mondo si riempie di animali che per i nostri parametri sono semplicemente surreali. L'*Arthropleura*, per esempio, era un millepiedi lungo oltre due metri. Il *Pulmonoscorpius kirktonensis*, invece, era uno scorpione della lunghezza di un metro.

E siccome la dieta degli scorpioni prevede gli insetti, non ci si deve stupire se questi ultimi, dopo aver toccato terra, pensano bene di fare uno sforzo ancora più encomiabile per combattere la forza di gravità: si fanno crescere le ali e si alzano in volo.

Il primo ordine di insetti a dotarsi di ali è quello degli odonati, ossia le libellule.

Ecco, le libellule, in questo senso, assomigliano agli squali: animali perfetti e quasi immutati lungo le ere. Hanno sostanzialmente la stessa struttura e la stessa forma che avevano trecento milioni di anni fa. La differenza fondamentale è la dimensione. Le libellule del Carbonifero avevano dimensioni da Carbonifero, cioè sproporzionate: una specie di libellula, la *Meganeura monyi*, aveva un'apertura alare di settantacinque centimetri.

Se una macchina del tempo potesse trasportarci in quell'epoca arcana, mia amata, potremmo sperimentare l'impressione elettrizzante di essere puffi – prima che l'eccesso di ossigeno ci procuri le convulsioni e ci conduca al coma.

Per me tutto questo, anche se straniante, è straordinariamente sensato. Mi sembra che anche nella vita, in un certo senso, le cose vadano così: chi ha il coraggio di affrontare un grande cambiamento, chi ha la forza e l'intelligenza di riuscire a resistere e muoversi in un ambito inizialmente alieno e ostile a sé, poi diventa grande, cresce immensamente.

Ed è bellissimo che l'animale più grande del nostro pianeta sia la balena. La balena è un mammifero, ma vive in acqua. Lei, come noi, in origine era un pesce. Poi si è trasferita sulla terra ed è diventata un quadrupede peloso: il pachiceto. Che poi è tornato in mare.

Immàginatelo, il Pakicetus: una bestia delle dimensioni di un lupo, ma con gli zoccoli alle zampe, un po' come le pecore (il pachiceto era un ungulato), con una coda lunga e spessissima e una testa appuntita e un po' fuori misura – be', rispetto alle proporzioni dei lupi e delle pecore, almeno.

Eh sì, io me lo vedo proprio, ormai perfettamente adattato alla superficie terrestre, che si guarda attorno e si dice: "Va be', ma così è troppo facile! Che gusto c'è? Torniamo nell'acqua!". E si cimenta in una nuova, delirante metamorfosi.

Selene, le balene vivono dove non possono respirare. E devono salire a respirare dove non potrebbero vivere. Una cosa di una scomodità notevole, se ci pensi.

In ogni direzione ci circondano persone intossicate dalle consuetudini e dalle loro comodità. Pazzi che perdono il buonumore per il parcheggio troppo lontano, il semaforo rosso, la fila lunga, l'ascensore guasto, la wireless assente, la batteria scarica.

Bisogna pensare alle balene, mia amata. Chissà se ce ne sono, dove ti trovi adesso...

Io ti aspetto: dovessi cambiare elemento per starti al fianco. Nessuno dei miei antenati è mai stato marinaio; nessuno dei miei nonni è mai salito su una nave. Ma io ho una balena tatuata sul cuore. Mi faccio insegnare da lei la più alta disposizione all'impervio, all'inospitale. Lo slancio all'adattamento forsennato. La eleggo mia maestra, l'eroe più magnifico della mutazione.

*

Oggetto: Abramo

Selene,

sai bene che l'ebraico antico l'ho studiato perché ero innamorato di te. E soltanto perché eri tu a insegnarmelo. Tutte quelle consonanti gutturali, tutti quei suoni raschiati e sibilanti, per me, in effetti, erano la cosa più elegante e sensuale al mondo perché uscivano dalla tua bocca, dal bianco dei tuoi denti, dal rosa della tua lingua.

Io ascoltavo e ripetevo. Tu mi istruivi e io tacevo. Imparavo a leggere quelle parole che andavano da destra a sinistra, quelle vocali sistemate sotto e sopra le lettere. Con gli occhi che hanno dovuto abituarsi a ondulare lungo il rigo, per di più procedendo a ritroso. Ho ricominciato a sillabare le parole, come da bambino.

Seguirti sulle pagine delle Scritture è stato un viaggio nel tempo, è stata l'esplorazione di un pianeta sconosciuto.

A letto ti recitavo il *Cantico*, mordendoti un orecchio, baciandoti il collo.

A volte gli sforzi sembravano inutili, scuotevo la testa recitando l'incipit del *Qohelet*: "*Havel havalìm, amàr* Qohelet", "Evanescenza di evanescenze, dice *Qohelet*". Tutto è evanescenza; che cosa resta all'uomo, di tutta la fatica con cui si sfinisce sotto il Sole?

Ogni parola mi disorientava e mi inebriava. Era eccitante, spiazzante, assurdo, commovente, irritante, demenziale, spaventoso.

Genesi 12, 1

C'è una cosa che davvero non riuscivo ad accettare, ed è che, nella Bibbia, Dio chiama sempre la persona sbagliata. Quella per cui il successo sembra più impensabile e lo sbaraglio più certo. Prendi Abramo. L'idea è che lui fondi un nuovo popolo, il popolo ebraico. Giusto? Ora, io dico, tu chiami un tizio per fondare un popolo. Cosa deve fare questo, in sintesi?

È chiaro. Deve fare molti figli con sua moglie. Ciascuno dei quali deve fare molti figli, ciascuno dei quali farà molti figli e così via. Dopo un numero consono di generazioni, da due individui si sviluppa un popolo. Selene, tu chi chiameresti? È evidente che la persona più adatta sarebbe un ragazzo giovane, nel pieno delle forze. Più è giovane e più tempo ha per procreare, più è nel pieno delle forze e più...

Dio sceglie Abramo. Abramo ha settantacinque anni. È un anziano, un uomo infossilito nelle sue abitudini. E il Signore gli grida: «*Lech lechà!*», «Vattene!». Uno dei passaggi più famosi di tutta la Bibbia. "Vattene dal tuo Paese, dalla tua patria e dalla casa di tuo padre, verso il Paese che io ti indicherò."

Un vecchio viene strappato dalla sua terra e costretto all'ignoto. Lo attende una trasformazione, cominciando dal nome: da Abram ad Abraham. Un "ha" in più, una boccata d'aria, un respiro che riempie i polmoni. Abramo diventa grande, immenso: da umile e anonimo pastore a patriarca di patriarchi, da piccolo uomo a gigante.

Me lo hai dovuto spiegare per bene, Selene, che "*Lech lechà!*" significa semplicemente "Vattene!". Io non capivo. All'inizio lo traducevo alla lettera, in modo ingenuo e scorretto, una particella alla volta.

Lech: Vai.

Le: a.

Chà: te.

"*Lech lechà!*", cioè "Vai a te!". Come dire: "Vai a te stesso!", "Diventa ciò che sei veramente!".

Era solo la traduzione sbagliata di un principiante, uno che ancora legge sillabando come un bambino. E annaspa per trovare il significato dei termini, pur avendo il dizionario in mano.

Anni dopo, sfogliando un commentario, ho scoperto che era uno dei molti significati che la tradizione cabalistica attribuisce al passo.

"*Lech lechà!*", "Vai a te stesso!", la frase con cui un uomo è stato allontanato da ogni cosa a lui conosciuta. Lo sapevi? Probabilmente sì. Ma non ne avevamo mai parlato.

Mi fa effetto pensarci. Mi prende una specie di vertigine, anche dopo tanto tempo. È così? Abbiamo bisogno di allontanarci da tutto quello che sappiamo di noi stessi per raggiungere ciò che siamo davvero? Possiamo incontrare noi stessi solo molto oltre quelli che crediamo essere i nostri confini? Allora dobbiamo trovarci nella condizione del pesce fuor d'acqua, prima di poter raggiungere finalmente il nostro vero elemento, la nostra casa. Dobbiamo, come dire, *uscirci dentro*, *entrarci fuori* per giungere a compimento?

Ora siamo lontanissimi uno dall'altra. Tu che cerchi di sapere chi sei veramente. Io che ti cerco. Dici di non essere la persona giusta. Dici che non è possibile costruire una vita insieme a te, che non c'è stabilità, non c'è pace, con te. Dici: "Non sono la persona adatta".

Sai una cosa? Hai ragione. È vero. Non sei la persona adatta. E allora? Ci siamo scelti. Ci siamo chiamati. E questo basta. Forse il nostro destino è essere immensi.

*

Oggetto: Michelangelo

Selene, è chiaro cosa accade a volte. C'è un qualcosa o un qualcuno che sta benissimo nel suo elemento, ed è costretto ad avventurarsi in un altro ambiente; se il passaggio gli riesce, diventa un gigante.

È successo nella storia dell'evoluzione, è successo nella Bibbia, è successo nella storia dell'arte. Prendi, ad esempio, Michelangelo Buonarroti.

Il mestiere di Michelangelo

Qual è l'elemento di Michelangelo? La scultura. Lui si sente scultore dalla radice dei capelli alle piante dei piedi, dalla pelle al midollo. Scherzando, dice di aver succhiato dalla balia latte e polvere di marmo, perché lei era la moglie di uno scalpellino. Disprezza la pittura:

per lui è un'attività da sfaticati e da effemminati, non richiede forza, non richiede muscoli, non richiede sudore.

Di tutte le prove della sua insuperata e insuperabile abilità, una mi fa pensare a te, perché mi ricorda la Luna.

Luglio del 1501. Gli operai del Duomo di Firenze e i consoli dell'Arte della lana commissionano a Michelangelo una statua che raffiguri il re David. Il blocco, di marmo bianco come la Luna, è abnorme come la Luna, e pieno di difetti come la Luna. Proprio così. Per la cattiva qualità della pietra, i cristalli perdono coesione rendendo il blocco interamente percorso da fori e spaccature. Già due scultori, nei decenni passati, ci hanno provato per poi rinunciare. Perciò il lavoro è già intrapreso, non c'è neppure la libertà di iniziare la cosa dal principio. Macché! Tocca adattarsi a quello che altri avevano cominciato e che avevano ritenuto un fallimento, un vicolo cieco, una strada senza uscita.

La bravura di Michelangelo è impensabile: da quel disastro riesce a creare il David.

È interessante documentarsi su ciò che si dice di questa scultura: "ideale perfetto di bellezza virile", "immagine di salda potenza", "effige della forza". Tutte sciocchezze.

Osservo il David e la prima parola che mi viene in mente è debolezza.

Attraverso le arti marziali, da anni studio il corpo, l'anatomia, le articolazioni, le posture, l'equilibrio. Posso dirti che il David è un'immagine di immensa debolezza. Guardalo, non c'è bisogno di essere un esperto. Tutto il peso del corpo poggia su un solo piede, il destro. Di conseguenza il bacino è completamente sbilanciato e la schiena è piegata sul lato opposto. In quella posizione l'equilibrio è precario e la muscolatura della schiena soffre. Non mi credi? Chiedi a un maestro di una qualunque arte marziale, dal kendo al karate, chiedi a un istruttore di yoga, di tai chi, di pilates, chiedi a tutti o a uno qualsiasi di questi. Ognuno ti dirà la stessa cosa: debolezza, vulnerabilità.

Si sta apprestando a lanciare la pietra, dicono i critici, giusto? Quindi dovrebbe rappresentare un uomo intento in un duello.

Se mi venisse incontro un avversario in quella postura sul *tatami*, lo darei per spacciato. "Questo non sa combattere!" penserei subito.

Eppure quello è per tutti il modello, per tutti l'ideale. Il fatto è, Selene, che lo è. Siamo tutti deboli, nati da cose imperfette, perforate e spaccate. Siamo tutti incerti, in equilibrio precario. Qualsiasi bellezza di cui possiamo risplendere è scavata dentro questa fragilità.

Mi sto dilungando, Selene, scusami. Parlavamo dell'uscita dall'elemento.

Il David è compiuto nel 1504. L'anno dopo Michelangelo ha trent'anni tondi tondi. È un artista già maturo, ma un uomo ancora nel pieno delle forze.

Viene chiamato dal Papa: Giulio II, al secolo Giuliano della Rovere. Difficile immaginare un committente migliore. E cosa gli commissiona, il committente? Un'opera monumentale, destinata all'immortalità: la sua tomba.

L'artista è infuocato d'entusiasmo, progetta un mausoleo grandioso fino al delirio, una congerie di oltre quaranta statue, alcune di dimensioni colossali. Mostra il progetto al Papa, che si infuoca a sua volta. È un sereno confronto fra due megalomani.

«Vai a Carrara, dove c'è il miglior marmo del mondo» dice il Papa a Michelangelo, «e scegli tu stesso i blocchi.»

E Michelangelo va. Manda a Roma lastre smisurate: le folle accorrono a vederle, sono già uno spettacolo così, grezze, tanto sono abnormi. Chissà cosa sarà capace di creare là dentro l'uomo che ha scolpito il mastodontico David, un colosso di oltre cinque metri!

Michelangelo arde di gioia. È volato in una sfera superiore di euforia. È in preda a una tale esaltazione che vaneggia di lavorare non un grande blocco, ma direttamente una montagna.

E tu potresti dire: "Be', è un pensiero ambizioso, ma

non folle. In fondo, è stato fatto. Il monte Rushmore, negli Stati Uniti, con i quattro presidenti: Washington, Jefferson, Roosevelt e Lincoln".

Sì, ma è stato fatto nel xx secolo. Con le tecnologie del xx secolo: la dinamite, i martelli pneumatici. E quattrocento operai.

Michelangelo, il monte, nel 1505, lo voleva scolpire da solo.

Immagina la foga sfrenata, l'energia che si sentiva in corpo, la visione di felicità che la sua mente proiettava. E immagina come dovette sentirsi quando tornò a Roma e si sentì dire dal Papa che...

«Non si fa più niente.»

«Come?! Non si fa più niente?!»

«No.»

Cos'era successo?

Erano tempi di rivalità livide. Un altro grande artista, più attempato, forse più disincantato, Donato Bramante, aveva, nel frattempo, parlato con Giulio II. Lo aveva convinto che, insomma, non era il caso. Troppo ambiziosa l'opera, troppo probabile il fallimento, troppo interminabili i tempi di esecuzione. Meglio lasciar perdere.

Il cielo in cui si era innalzato crolla di colpo addosso a Michelangelo. Ora è nero d'ira delusa. Litiga con Giulio II. Se ne va da Roma.

Passano due anni. Due lunghi anni.

Non c'è alcun contatto fra il grande artista e il miglior committente immaginabile.

Poi accade una cosa. Il Papa avrebbe un lavoro importante da affidare: dipingere la Cappella Sistina.

Certo, ce ne sono tante di cappelle, in Vaticano, ma lui vuol far dipingere proprio la Cappella Sistina. Quella e soltanto quella. E come mai? C'è un motivo, in effetti. La Cappella Sistina si chiama così perché l'ha fatta erigere papa Sisto IV, al secolo Francesco della Rovere.

E c'è qualche parentela fra costui, Francesco della Rovere, e il papa Giuliano della Rovere? Sì. Il primo è lo zio del secondo. Francesco della Rovere, a dirla tutta, è l'uomo per cui è stata coniata la parola *nepotismo*: un Papa che ha favorito in modo così smaccato i suoi nipoti, che uno di essi è... diventato Papa a sua volta.

Per questo Giulio II tiene tanto alla Cappella Sistina: appartiene alla sua famiglia, al suo clan, simboleggia il prestigio e il potere dei della Rovere.

Allora chiede consiglio. Chiede a un uomo disinteressato, onesto, equanime: Donato Bramante. E quest'ultimo suggerisce di affidare il lavoro a... Michelangelo Buonarroti.

È una trappola.

Bramante sa che Michelangelo è uno scultore e non un pittore. Sa che di lì a poco Raffaello comincerà a dipingere le Stanze Vaticane. Ma Raffaello è il pittore più ammirato di Roma, i suoi affreschi saranno senz'altro impareggiabili. Chiunque si avventurerà nell'impresa della Cappella Sistina dovrà subire il confronto con lui. Andrà, in pratica, a gettarsi fra le fauci del leone, a infilarsi nella tana del lupo.

Sono mille metri quadrati di superficie da ricoprire di pittura. L'odiata pittura.

Michelangelo tenta di sottrarsi. Arriva a suggerire a Giulio II di scegliere un altro pittore: Raffaello. Forse perché Raffaello è l'unico a non dover temere Raffaello, dunque l'unico che potrebbe accettare.

Pensa a quanto è spaventato. Un artista così titanicamente ambizioso arriva a sperare che la commissione venga affidata a qualcun altro.

E tuttavia il Papa è inamovibile. Michelangelo non può rifiutarsi. È la prima commissione dopo due anni di rottura, di gelo, di silenzio. Respingere questa richiesta significherebbe, con ogni probabilità, chiudere per sempre con Giulio II.

Perciò accetta, non ha altra scelta. Ma è disperato. Il 27 gennaio 1509, quando i lavori dovrebbero essere già avviati da un po', invia una lettera di sfogo al padre, elencando tutti i fattori che rendono improba l'impresa. A un certo punto arriva a scrivere: "Questa è la dificultà del lavoro, e ancora el non esser mia professione. E pur perdo el tempo mio sanza frutto. Idio m'aiuti".

Proprio così gli scrive: "Non esser mia professione". Vale a dire: "Non è il mio mestiere". Incredibile.

Poi accade qualcosa, in Michelangelo. Non è possibile sapere cosa. Qualcosa si libera, si scatena, divampa in lui. E riesce nel compito che aveva creduto impossibile. Un'opera così mastodontica che Goethe scriverà: "Senza aver visto la Cappella Sistina non è possibile formare un'idea apprezzabile di cosa un uomo sia in grado di ottenere".

Una volta ho parlato di questo fatto con Massimo, la persona più esperta che conosca nel campo dell'arte. Sai, Massimo è uno di quei tizi che si prendono la briga di attribuire i dipinti anonimi. Viene ritrovata, poniamo il caso, una tavola non firmata. E lui dice: "È di Lorenzo Lotto". Dopodiché la tavola è attribuita a Lorenzo Lotto.

Mi ha detto: «Ma vedi, Pietro, Michelangelo è stato un grande scultore. Tuttavia come pittore è stato ancora più grande. Perché è stato ancora più originale. Ha dipinto come nessun altro prima di lui. Con questi corpi torniti, che sembrano uscire dalla superficie pittorica come se fossero, appunto, sculture. Senza usare i paesaggi e la prospettiva, a cui tutti gli altri dedicavano la massima minuzia, mentre uno scultore, che pure conosce l'anatomia, non ha confidenza con i paesaggi. Michelangelo è stato un pittore così grande, così originale, proprio perché ha dipinto da scultore e non da pittore. È stato un pittore così immensamente unico e diverso da tutti gli altri proprio perché, in un certo senso, non era un pittore; e nella pittura si sentiva un pesce fuor d'acqua».

Ecco, non so tu, ma io credo che sia piuttosto incoraggiante. Quando mi trovo di fronte a un'impresa per cui, nel mio piccolo, non mi sento pronto, non mi sembro adatto, che mi pare superare le mie forze, penso a questa storia qua.

Michelangelo Buonarroti. La Cappella Sistina. Com'era cominciato tutto? "Non è il mio mestiere." Divento invincibile, quando ci penso, Selene. E come faccio ad arrendermi, come faccio a dimenticarti?

Dici che è impossibile per me starti accanto. Mah, non la farei così difficile. Tutt'al più direi che non è il mio mestiere.

11

Uccidere il drago e salvare la principessa

Anita si era accorta del suo arrivo prima ancora di sentire il citofono. Gli era corsa incontro saltellando. «Ooooh! È a'ivàto lo sio! Lo sio, lo sio!» Poi, fermandosi davanti a lui, con un sorrisone giocoso di sfida: «Siettooooo, sono pesante come la montagnaa, non mi alziiii».

Pietro si era chinato a prenderla e l'aveva sollevata, la schiena dritta mentre teneva sulle braccia alzate in verticale i sedici chili scarsi di Anita, che sgambettava e rideva. «Oh, ma sei una montagna volante!»

Poi l'aveva rimessa giù.

«Anco'a! Anco'a!»

L'aveva di nuovo sollevata. Di nuovo giù.

«Anco'a! Anco'a!»

«La montagna volanteeee!»

«Anita, lascia stare lo zio, ché gli viene un'ernia così!»

Aveva parlato Patrizia Zangheri, la sorella di Pietro, di cinque anni più grande di lui. Figura asciutta e modi ancora più asciutti. Sbrigativi, pragmatici, caustici al punto giusto. Un vestito a linee nette, rigorose, di eleganza essenziale. Capelli ordinati in un taglio asimmetrico, lisci e rossi. «Sei contenta, Anita, che lo zio mangia con noi stasera?»

«È ve'o che mangi con noi?»

«Eh, sì, Anita. Sono venuto apposta. Ceno con te e la mamma.»

«Sìììì, con noi! In t'e, in t'e!»

«Guarda che lo zio ti ha portato un regalo...» Pietro si era accovacciato.

«Sì?»

«Sì.»

«Un 'egalo, un 'egalo!» saltellava Anita.

Pietro estrasse dalla tasca un piccolo oggetto metallico, di colore nero.

«Ecco qua, questo si chiama contafili.»

Lo aprì. «È una lente di ingrandimento. Così possiamo guardare gli insetti e i fiori insieme in giardino.»

«Ah, si chiama conta fili pecché sevve pe' conta'e i fili d'ebba?»

L'ipotesi non era male, a dire il vero. Ma Pietro non riuscì a mentirle.

«No, stella. Si chiama così perché all'inizio serviva

per contare i fili della stoffa. Però va molto bene anche per guardare gli insetti.»

E Patrizia, ironica: «Oh, hai visto che bel regalo che ti ha portato lo zio? Un gran regalo per una bambina di quattro anni: una lente da entomologo! Già è una settimana che mi porta in casa tutte le api e le farfalle morte che trova in giardino».

«È vero, Anita?» le chiese Pietro, complice.

«Sìì!»

«Ma che brava che è, la mia nipotina!»

«Sì, sì, è uguale a te. Ha le tue stesse malattie» chiosò Patrizia. Poi: «Vieni qui, patacca che non sei altro. Come sta il mio fratellino?». Lo abbracciò.

«Mamma, mamma, faccio vede'e il disegno nuovo allo sio.» Anita strinse l'indice di Pietro nel pugno. Con tutto il – poco – peso del corpo lo trascinò in direzione del frigo. «Vieni a vede'e il mio fio'e. Sio, sio! Vieni a vede'e il mio fio'e! Vieni, eh?»

«Certo, Anita.»

Anita gli mostrò un disegno fissato allo sportello del frigo con due calamite.

«Ti piace il mio fio'e, sio?» Il disegno raffigurava una specie di enorme margherita con un capolino arancione circondato da sette lobi di dimensioni involontariamente molto varie, e il cui contorno era tracciato con un grosso pennarello blu.

Per un instante, solo per un breve istante, Pietro fu tentato di informare Anita che dal punto di vista botanico, per l'esattezza, la margherita non è un fiore, ma un'infiorescenza. Poi si rese conto che non era un discorso molto sensato da fare a una bambina di quattro anni e, col sorriso più bello che uno zio possa regalare a una nipotina, le disse: «È un fiore bellissimo, Anita». In quel momento, per un attimo soltanto, un attimo davvero brevissimo, avvertì un senso sottile di pena, come provasse comunque un infinitesimo rimorso per averle detto una bugia.

Patrizia aveva cucinato spaghetti allo scoglio e un vassoio di canocchie.

Anita aveva mangiato poche forchettate di spaghetti, pazientemente depurati da qualsiasi traccia di pesce. Aveva poi leccato a lungo e con un certo impegno una canocchia, lasciandola però intatta, dicendo: «Ha finito di esse'e salata». Un po' poco.

«Non mangia un cazzo» aveva commentato Patrizia. «Mi tocca darle delle porcherie purché metta dentro un po' di roba.»

Per questo, prima di infilarle il pigiama, le aveva preparato due fette di pan carrè farcite da uno strato di miele a sua volta coperto da uno strato di Nutella.

«E non hai visto quando divora il pane condito con

miele, olio e sale» aveva spiegato Patrizia a Pietro, «o quando conficca gli Smarties nella spianata salata, o si fa fare gli spaghetti col ketchup.»

Dopodiché aveva illustrato un principio fondamentale e fondante della sua vita di mamma separata. «Il primo dovere di un genitore non è educare i figli, quello è il terzo. Il primo è sopravvivere. Il secondo, non impazzire.» Come Pietro poteva capire da sé pur non avendo figli, i primi due erano prerequisiti logicamente indispensabili e propedeutici al terzo.

Dopo qualche capriccio, erano riusciti a infilare la bambina tra le coperte.

Lo zio le aveva letto un paio di favole da un libro intitolato *Tante storie di maghi, draghi, principesse e…*, mentre Patrizia aveva sparecchiato e buttato i piatti in lavastoviglie.

Poi Anita si era addormentata.

Ora erano soli, seduti al tavolo della cucina. Patrizia aveva riempito due bicchieri con il vino bianco rimasto dalla cena e si era accesa una sigaretta.

«Quanto tempo è passato?»

«Quasi tre mesi, ormai.»

«E tu non sai più nulla?»

«No.»

«Non sai neppure dov'è?»

«No, non lo so.»

Patrizia sbuffò una boccata di fumo. «Mah, io proprio non ci credo che nel 2018 non si riesca a sapere dove stia una persona, a… localizzarla. Conoscendo il suo numero di telefono, la sua mail, conoscendo… tutto. Non c'è quel tuo amico… il panzone, come lo chiamano?»

«Chi, il Buddha?»

«Eh, il Buddha! Non è un mezzo hacker? Non puoi farti aiutare da lui? Entrate nella mail di Selene, cercate i biglietti dell'aereo. Almeno sai dov'è. Puoi andare da lei. Non è per spiarla. È per trovarla. Anche solo per sapere che non è…» Patrizia stava per dire: "Che non è morta", ma non lo disse.

«Ma Patrizia…» Pietro scuoteva la testa.

«Perché no?»

«Ma come perché no?! A parte il fatto che non è come nei film, in cui le persone scelgono come password "password" o "syntax error" o cose del genere, e c'è l'espertone che riesce a violare qualsiasi barriera al primo tentativo. Non funziona così. Oggi per entrare nella posta di una persona bisogna… ingannarla.»

«Bisogna ingannarla?»

«Sì, bisogna mandarle una mail da un account fittizio, dove ci sia un link o un allegato. La vittima clicca sul link, scarica l'allegato e, senza saperlo, si installa uno spyware sul computer o nel telefonino. Il Buddha, il panzone, come lo chiami tu, è quello che ha insegnato a Selene a non farsi infettare dai virus, figurati! E poi non è questo, è che...»

«È che...? È che...? Dài, dillo. Dillo. Tanto lo so cosa stai per dire.»

«... Non si può, non è corretto.»

«È che non è legale?»

«È che non è corretto. Non faccio una cosa che non è corretta.»

«Ecco! Lo sapevo! Qui casca l'asino! Non è corretto! Vive nel mondo delle favole, lui!»

«Patrizia...»

«Sì, sei un asino, Pietro! Sei un asino. Sei cocciuto come un asino. Sei testardo, sei!»

«Patrizia, così svegliamo la bambina...»

Silenzio. Patrizia scrollò la cenere dalla sigaretta. Si chinò leggermente in avanti verso Pietro. Adesso parlava con un tono di voce più basso.

«Va bene, vuoi rispettare la sua privacy. Ma non si può, tramite il suo numero di telefonino, rilevare almeno la posizione? Solo per sapere dov'è. Quella non è una violazione, no?»

«È la stessa cosa.»

«Cioè?»

«Dovrei sempre ingannarla, Patrizia. Serve sempre

una finta mail. Con un link o un allegato tramite cui, all'insaputa di Selene, le installerei uno spyware nello smartphone. Funziona allo stesso identico modo.»

«Da quando sei un informatico? Come fai a sapere tutte queste belle cose?»

«Ho chiesto. Al Buddha.»

«E le sa fare, lui? O s'intende solo di film con gli androidi e gli alieni?»

«Sì, le sa fare. Le ha già fatte. Le fa ancora, ogni tanto. Non ci guadagna soldi. Le fa così, per divertimento.»

«E quindi, Pietro?»

«Quindi no.»

«No?»

«No. Non faccio una cosa scorretta. Soprattutto, non a Selene.»

Patrizia spense la sigaretta schiacciandola, anzi stritolandola, contro il posacenere.

Taceva. Il volto le si indurì. Si alzò dalla sedia. Diede le spalle a Pietro, si allontanò di un paio di passi e si girò di nuovo verso di lui, appoggiandosi al muro. Lo guardò con una sorta di severità. Poi con occhi un po' vuoti, assenti. Poi con un sorriso, Pietro non capiva se di sarcasmo o di tenerezza. Era, in realtà, un rimescolio di entrambe le cose.

«Il mio fratellino. Il mio povero fratellino. Così bello, così forte, così pulito. Perso in questo sporco mondo malato. Tu, Pietro, saresti andato bene nelle fiabe dei tempi andati, quando tutto era più semplice, più chiaro. Che ci voleva per essere un bravo cavaliere? Bastava uccidere il drago e salvare la principessa. Che ci voleva? Avrebbe proprio fatto al caso tuo. Io ti ci vedevo, con l'elmo, la spada, lo scudo e tutto il resto. Ma lo sai come vanno ora le cose? È tutto un gran casino, Pietro. Le principesse ce l'hanno dentro la testa, il drago. E spariscono nel nulla senza che nessun orco le abbia rapite. E tu hai una spada di legno. E le uniche occasioni per usarla sono i combattimenti finti con gli altri tuoi amici suonati, il mercoledì sera in palestra. E invece del mago Merlino a cui chiedere aiuto, hai un ciccione disadattato che sa tutto sui film più inguardabili della storia. O forse siete Don Chisciotte e Sancho Panza, voi due. Eh?» Patrizia serrò le labbra facendo un piccolo sforzo per non ridere a quest'ultima immagine. Non voleva mortificare Pietro.

Gli si avvicinò. Gli passò la mano sulla testa rasata. Gli aggiustò il colletto della camicia. Gli diede un pizzicotto sul mento. Scosse il capo, dolcemente. Continuò.

«Oppure è tutto molto, ma molto più semplice, Pietro. Lei se n'è andata. Fine. Ti ha lasciato. Basta. Devi accettarlo. Non ti dice dov'è perché non vuole che tu vada da lei. Non risponde alle tue lettere perché non vuole che tu gliene scriva. Datti pace. Fatti una vita. Una vita nuova.» Gli diede una pacca sul petto. «Dài! Forza!» Si voltò e armeggiò un poco in cucina, forse finendo di sistemare qualcosa. «Fatti una vita nuova, Pietro. Non puoi rimanere così. Non dico di metterti a fare il porco in giro come il mio ex marito. Ma trovati una donna e rifatti una vita.»

Per un momento, solo per un momento, Pietro fu tentato di dire alla sorella che i porci, quelli veri, venivano castrati pochi istanti dopo la nascita. E così diventano pingui e pacifici. Un maialino non castrato da adulto diventa un verro: animale aggressivo, nerboruto, nervoso; viene fatto crescere per la riproduzione, e col tempo gli si allungano due belle zanne fuori dal muso. Come ai cinghiali. Perché i maiali e i cinghiali, in effetti, appartengono alla stessissima specie animale: *Sus scrofa*. Perciò, mentre noi chiamiamo "porco" un uomo con una sessualità smodata ed esorbitante, i porci, quelli veri, se ne stanno del tutto ignari delle nostre laide storie, nella loro castità immacolata.

12
Bolgia delle catastrofi

Oggetto: Mammiferi

Mia regina,

ti chiamo così a ragion veduta. Con più ragione di quanta ne abbiano mai avuta gli innamorati nel definire l'amata regina, principessa, mia signora, eccetera.

Perché? Perché la nostra storia è un disastro. E da sempre ci sono regine e re solo e soltanto dove ci sono disastri. I re e le regine autentici sono sempre reduci, scampati, sopravvissuti. E portano spesso addosso le cicatrici di una catastrofe attraversata.

Ecco, oggi è venerdì: tocca al racconto di un fatto primordiale. Dove eravamo rimasti? Ah, sì: ai pesci fuor d'acqua.

Come divenimmo re

Allora, siccome la vita si abitua a tutto (ma veramente a tutto, Selene!), si è adattata persino al Sole. Fuori dalle liquide onde, alcuni animali si attrezzano per non morire disidratati: si coprono di piccoli scudi, le squame. Come dire che la pelle ondulata dei rettili è un surrogato delle onde vere, della loro protezione. Comunque sia, già che ci sono, costoro coprono di una corazza opaca e minerale anche le loro molli, traslucide uova.

La vita striscia sulla Terra così per un po'.

Poi, improvvisamente, duecentoquarantacinque milioni di anni fa, si verifica un problema. Anche se "problema" è una definizione di gran lunga ottimistica.

Non sappiamo esattamente cosa sia accaduto: un bombardamento di meteoriti? Una lunga, scatenata catena di eruzioni vulcaniche? La crosta terrestre che dal nulla si crepa vomitando gas tossici – idrati di metano, pare? Tutte queste cose insieme?

Sulle cause non abbiamo certezze. Ma sull'effetto sì. Fu qualcosa che è impossibile da immaginare, eppure lo si può dire con una parola: Estinzione. Estinzione con la "E" maiuscola, non a caso. Questo evento è stato definito "la madre di tutte le estinzioni di massa", o "la grande moria".

Scomparvero nove specie animali su dieci. Fu una

tale apocalisse che svanirono addirittura alcune specie di insetti. Mi prendi sempre in giro quando parlo di insetti, ma una cosa te la devo spiegare, abbi pazienza: gli insetti non si estinguono mai.

Se alcuni singoli individui muoiono, la loro quantità e la velocità con cui si riproducono rendono insignificanti queste perdite dal punto di vista della specie. Essi infatti hanno attraversato le ere intatti. Si dice "morire come le mosche", ma nessun modo di dire è più improprio: le mosche non muoiono come le mosche. Muoiono sempre e soltanto in percentuali infinitesime. Muoiono, data la velocità di vita e riproduzione, rarissimamente. Le mosche muoiono, in proporzione, una volta ogni morte di Papa. O, come dicono gli inglesi, *once in a blue moon*, una volta ogni luna blu.

In quell'occasione, invece, in quell'unica occasione in tutto il dispiegarsi delle ere, gli insetti morirono come mosche.

A proposito di proverbi, si dice "spuntare come funghi". E questo, in effetti, è giusto. Perché i funghi possono spuntare a decine in pochi metri quadrati, nel giro di una notte. E, soprattutto, spuntano già fatti e finiti. Non hanno bisogno, come gli alberi, di essere prima germoglio, farsi getto, diramare rami, far comparire foglie, costruirsi la corteccia. Quindi ok: i funghi spuntano come funghi. Sempre. In condizioni normali.

Ma quello che accadde allora non è stato normale, è stato al di là del linguaggio. Durante la grande moria, i funghi ebbero per nutrirsi una quantità enorme di corpi putrescenti. Si ingozzarono come mai prima e come mai dopo. Perciò poterono crescere còn una velocità e in quantità deliranti. I funghi spuntarono come spunterebbero i funghi se, paradossalmente, gli insetti morissero come mosche.

Fu la fine di un'era, letteralmente e geologicamente. La fine dell'Era paleozoica.

Ora il palco del mondo si è svuotato.

Ed è proprio in questo momento, cioè a scena vuota, nel silenzio che segue l'apocalisse, che fanno il loro ingresso re e regine.

Alcuni rettili che smettono di strisciare stendono le zampe, sollevandosi, e così, issati, ballonzolano a passi da quadrupedi. Fra questi, poi, c'è chi va oltre: certuni s'impennano, acquistando la postura eretta. In molti lievitano mostruosamente, fino a diventare le creature più alte e pesanti che abbiano mai calpestato il suolo del pianeta. Ora il regno animale ha un dominatore incontrastato: i dinosauri.

E gli altri rettili? Sono sudditi, ovvio. Folla anonima. Masse senza volto. La migliore cosa che possa capitargli, forse, è non attirare l'attenzione dei tiranni, esserne ignorati.

E così alcuni rimpiccioliscono, si ritirano. Riducono le dimensioni anche per sopravvivere con le magre riserve residue; per potere, come si dice, accontentarsi delle briciole. Imparano a scavare in terra piccole buche in cui nascondersi. Si adattano al buio, così da poter racimolare ghiande e insetti quando i sovrani dormono il loro pesante sonno regale. Sono esistenze ai margini: costrette all'oscurità. A differenza dei dinosauri, sono obbligati a cercare il cibo nelle ore più fredde del giorno. A poco a poco, imparano a trattenere la temperatura del corpo. La pelle gli si copre di peli.

Nella notte, poi, ci si deve orientare con l'aiuto dell'udito. Così compaiono sul cranio due ossicine che non esistevano nei rettili né negli anfibi: martello e incudine, si chiamano. A ogni minimo frusciare d'erba, il martello picchia sull'incudine. E i colpi di questa minuscola officina finiscono dritti al cervello. Questi esseri sono piccoli, deboli, spauriti. Devono prestare attenzione anche a suoni minimi. Occorre più capacità d'ascolto, dunque occorre più cervello. Così l'encefalo, levigato e sottile, s'incrosta e s'increspa di un altro strato di materia: la corteccia uditiva.

Eccoci qua. Siamo noi. O meglio, sono gli antenati degli antenati degli antenati dei nostri antenati. I primi mammiferi. Bestiole lunghe dieci o dodici centimetri e assai simili alla tupaia. La quale, a sua volta, somiglia al toporagno. Il quale, per farla breve e per essere franchi, somiglia a un piccolo topo.

Insomma, capirai che a livello di supremazia non c'è storia: dinosauri contro protomammiferi. Draghi contro criceti.

Però non immaginarti un regno di puro terrore. Il Mesozoico non manca di una certa grazia, una certa frivolezza vezzosa, quasi. Sì, perché nel Mesozoico appare una cosa che non era mai esistita prima e che, di primo acchito, con l'impero dei dominatori non ha nulla a che fare: i fiori. Proprio così: fiori e dinosauri nascono insieme, nello stesso momento. Be', nella stessa era geologica, se non altro. Certo, il mondo si presenta spesso con opposti che si intrecciano. Si dice comunemente che non c'è rosa senza spine, si potrebbe dire di più: non c'è fiore senza dinosauri.

Non divaghiamo. Il punto è: dinosauri e fiori. I fiori, com'è ovvio, fioriscono, è il loro mestiere. Ma, in un certo senso, anche i dinosauri *fiorirono*, in quel tempo. Cioè assunsero una varietà di forme lussureggiante. Perché la natura è estrosa, ama il rigoglio rutilante della diversità. E concentra la sua inventiva su ciò che più predilige. In soldoni, punta tutto sul vincitore più probabile.

Così videro la luce dinosauri d'ogni tipo. Con corni sulla fronte, sul naso, sulle spalle, sui fianchi, sulla coda; con un'armatura a piastre piatte, con armature a spuntoni acuminati, con file di piastre erette su tutta la schiena, con un'unica cresta continua dalla cima della testa alla punta della coda; con piume da uccello, con piume da uccello mescolate a squame da rettile; con colli lunghissimi, privi di collo; carnivori, erbivori; che correvano su due zampe, che galoppavano su quattro, che nuotavano, che volavano, che avevano quattro ali; delle dimensioni di un tacchino o della lunghezza di due autotreni accodati uno all'altro (trentasei metri).

E noi? Noi niente.

Niente? No, niente. Noi siamo rimasti uguali a noi stessi, mentre gli anni passavano a milioni. A decine di milioni. A centinaia di milioni. Alla fine dell'età dei dinosauri il nostro antenato porta il non entusiasmante nome di *Purgatorius*. Che aspetto ha? Più o meno quello che aveva il primo mammifero all'inizio del Mesozoico, l'*Adelobasileus*. Abbiamo guadagnato a malapena quattro o cinque centimetri di lunghezza. Per il resto, centocinquanta milioni di anni sono passati invano. In un incontenibile grigiore. Ci siamo attenuti alla piatta sopravvivenza, con esorbitante umiltà e timidezza, con vite ferocemente scevre di ogni euforia.

Be', un momento, non è che non ci siano state eccezioni, intendiamoci. Qualcuno ha tentato di alzare la testa. Il *repenomamus*, un mammifero del Cretaceo, arditamente raggiunge la lunghezza di cinquanta centimetri. Simile al diavolo della Tasmania, abbandona la notte e se ne va ribaldo e sfrontato nella luce. Di più: nel suo stomaco sono state ritrovate ossa di dinosauri. Sì, hai capito bene, Selene: il ribelle osava mangiare cuccioli di dinosauro! Ma non durò. Ha pagato con l'estinzione la sua insolenza. È sparito dalla faccia della Terra prima dei dinosauri e non possiamo contarlo fra i nostri antenati. Tocca rassegnarci: noi proveniamo da coloro che si nascondevano nelle tenebre.

Quanto al *Repenomamus*, può al massimo essere il simbolo di tutti i precursori, di tutti coloro che hanno tentato di accendere una luce in tempi oscuri, di tutti i martiri del progresso: è il Galileo e il Giordano Bruno dei mammiferi. Fatto sta che lo scettro della supremazia rimase saldissimo nelle zampe dei dinosauri. Per centocinquanta milioni di anni, si diceva. Una durata di fronte alla quale qualsiasi impero è un battito di ciglia.

John Belushi diceva: «Quando il gioco si fa duro, i duri cominciano a giocare». Può darsi. Ma il gioco può diventare così duro che i duri ne sono scaraventati fuori per sempre.

Nello specifico, questo indurirsi del gioco che mette fuori gioco i duri viene chiamato dai paleontologi "limite K-T": dove K sta per Cretaceo, l'ultimo periodo dell'era dei dinosauri, e T sta per Terziario, l'era attuale. Insomma, sul più bello, arriva una nuova catastrofe. La maggioranza – ma non la totalità – dei paleontologi pensa che la causa sia stata l'asteroide che ha stampato sul suolo terrestre il cratere di Chicxulub, in Messico. A ogni modo, non sto qui ad annoiarti con la solita tiritera di dati: i chilometri di raggio della cavità, il numero dei megatoni di energia sprigionati, il rosario di incendi, terremoti, tsunami.

Nell'atmosfera si sparge uno strato di polvere che fa da filtro ai raggi del Sole. È sera per molti giorni e molte notti di seguito. Per mesi. Per anni. Una sera d'inverno, ovviamente.

I dinosauri si estinguono. Tutti. Muoiono come morirebbero le mosche se l'espressione "morire come le mosche" avesse senso.

Durante l'apocalisse i nostri antenati, viceversa, si salvano. I topi sono fra i pochi a non fare la fine dei topi. Si sono adattati al freddo e al buio. Possono nascondersi. Se ne stanno rinchiusi nelle loro tane fino alla fine. Per loro è solo passato un drago molto più grosso e molesto del solito.

Invece i dinosauri non hanno riparo: non gli è mai

servito. Se ne sono sempre andati in giro col Sole in fronte, fra i fiori.

Ma ora il Sole è lontano. È un tempo da lupi. Appunto: da lupi, non da dinosauri.

È, di nuovo, letteralmente e geologicamente, la fine di un'era.

Ed è l'inizio del Terziario, la nostra era, l'era dei mammiferi. Sorgono in fretta nuovi re e nuove regine. Ma non pensare soltanto al leone, proverbiale re della foresta. Anche perché, a dirla tutta, i leoni non vivono nella foresta – si sa, le frasi fatte sono quasi sempre *mal fatte*, e di solito i luoghi comuni hanno poco in comune con la realtà.

Lascia perdere anche l'orso re delle montagne e il bue muschiato re della tundra. Tutti questi animali sono tenere miniature rispetto ai mammiferi che hanno calcato la Terra in passato. Basterebbe risalire fino all'epoca precedente alla nostra, il Pleistocene, prima di qualsiasi forma di civiltà, prima delle tribù, quando gli uomini stavano riuniti in clan di pochi decine di individui: allora vedremo creature spaventose e spettacolari.

Il procoptodonte, ad esempio, era un canguro alto due metri e mezzo. Persino animali la cui versione attuale ci fa tenerezza – o pena – allora erano magniloquenti. Il diprotodonte era un marsupiale vagamente simile a un koala, ma grosso come un rinoceronte. Il megaterio era un bradipo alto sei metri. E poi, naturalmente avremmo visto lui, il mastodonte, un elefante così colossale che mastodontico è sinonimo di colossale. Anche se il mastodonte non era lontanamente mastodontico quanto il *Mammuthus sungari*, l'elefante più grande mai esistito: fino a 5,3 metri al garrese.

C'è poi uno dei miei animali preferiti, il deodonte, un cinghiale carnivoro vissuto diciotto milioni di anni fa, la cui groppa sfiorava i due metri di altezza. È chiamato da alcuni amichevolmente *hell pig*.

Ma per incontrare il più grande di tutti dobbiamo tornare molto più indietro, nel Miocene, quando la linea evolutiva degli esseri umani non si era ancora separata da quella degli scimpanzé.

Appena due milioni di anni fa ed eccolo. Eccolo avanzare con passo solenne, lento, montagnoso, il baluciterio, una sorta di rinoceronte senza corno ma, in compenso, con zampe e collo lunghissimi. Immagina un palazzo di due piani a forma di pachiderma.

Impressionante. Anche se i mammiferi non hanno mai raggiunto le dimensioni dei più grandi dinosauri. D'altra parte l'estinzione di massa del Cretaceo, quella che mise fine ai dinosauri e diede inizio al regno dei mammiferi, fu meno catastrofica di quella del Permiano, che aveva dato inizio all'era dei dinosauri.

È come se valesse una regola: più devastante è la catastrofe, più grandi sono i re che ne seguono.

Ti saluto, mia regina, buonanotte, ovunque tu sia. Sogna tutta la grandezza. Sogna i re che vengono solo dopo le catastrofi. Sogna, ma non sognare banali unicorni, insipidi draghi, triti grifi, neppure le solite sirene. Sogna animali stupefacenti come quelli esistiti davvero.

Io ti aspetto.

Ti aspetto, se serve, per tempi biblici. Per tempi geologici, anzi. Ti aspetto bruciando d'impazienza, ma inamovibile.

Fino alla fine del Cenozoico il mio cuore è per te.

Niente mi scalza, mi devia, mi deraglia, mi fa arretrare. Un pachiderma è l'amore mio. Un baluciterio, che non teme predatori; e a cui niente e nessuno può far cambiare strada.

*

Oggetto: Re Davide

Mia regina,

si dice che le disgrazie non vengono mai sole. Secondo me è vero anche l'opposto, e cioè che, come scrive Garibaldi nelle sue memorie, "le fortune non vengono mai sole". Con queste frasi s'intende, per il solito, che ogni disgrazia tende a portarne altre, e che ogni fortuna spesso attira una fortuna ulteriore. Può darsi che sia così. Ma credo che ci sia dell'altro: che le disgrazie si portino dietro fortune, e le fortune disgrazie. E quindi che i re sorgano dalle catastrofi. E che ci siano limiti K-T sparsi un po' ovunque.

Prendi il re più grande dell'Antico Testamento: Davide. Un paio di lettere fa, ti dicevo di Michelangelo. Ecco, non capirò mai perché l'arte si sia tanto accanita su quell'episodio del duello con Golia: decine di statue e dipinti, tutti a raccontare quella vicenda. Sarò strano io, ma per me il bello comincia subito dopo.

Sbaglio? Sono il fratello scemo, come dice mia sorella?

Seguimi, Selene. E scusami se ti racconto una storia che, di certo, conosci meglio di me. Ma forse, proprio per questo, non la vedi con altrettanta chiarezza. Le storie a volte appaiono solo dopo che hanno perso i dettagli, emergono per sottrazione, come le sculture dal marmo; solo dopo avere eliminato dei pezzi si intravede una linea, una forma, una direzione.

Quindi, oso andare avanti a modo mio. Perdonerai l'impudenza. Non dico che tu non abbia presente ciò di cui ti narrerò, dico che probabilmente non lo conosci male abbastanza per comprenderlo.

Primo libro di Samuele 81, 1-13

Andiamo con ordine: gli Israeliti sono in guerra con i filistei nella piana del Terebinto, fuori da Gerusalemme. Davide, uccisore di Golia, è un signor nessuno. Non appartiene alla famiglia reale. Né a una famiglia vicina alla famiglia reale. Né a una famiglia vicina a una famiglia vicina alla famiglia reale. Insomma, le sue probabilità di diventare re sono rasenti lo zero. Per di più il re Saul ha già un erede destinato: un figlio maschio. Anzi, tre: Gionata, Abinadab e Malchisua. C'è solo l'imbarazzo della scelta. Di cosa stiamo parlando? Davide è un nonnulla, un toporagno.

Ora, dopo la morte di Golia, accade che Saul lo mandi a chiamare. Vuole conoscerlo, tenerlo sotto controllo, giacché l'uomo ha una capacità inesauribile di invidiare: persino chi non se la passa tanto bene, anzi persino i signor nessuno, i toporagni e i nonnulla.

Be', vuole chiamarlo a corte, ma non sa chi sia. Domanda ad Abner, il capo delle milizie. Ma neppure lui lo conosce. Saul gli chiede, allora, di chiedere in giro a sua volta. Finché, a forza di richieste di chiedere, Davide viene a sapere che il re vuole incontrarlo. Va da lui e si presenta, confermando la sua insignificanza: è figlio di tal Iesse il Betlemmita, mai sentito nominare.

Mentre tutta la combriccola torna dal campo di battaglia alla città, uno stuolo di donne gli si fa incontro danzando, suonando e cantando: «Saul ha ucciso i suoi mille, Davide i suoi diecimila». Non è vero, ovviamente. Davide non ha ucciso diecimila filistei. Non ha ucciso nessuno, salvo Golia. Per un motivo molto semplice: non è un soldato. Anzi, è esonerato dal servizio militare per la giovane età e perché ha dei fratelli più grandi al fronte. Si trovava sul campo di battaglia per sbaglio. O, almeno, per una ragione tutt'altro che marziale: passare a prendere il salario dei fratelli maggiori per portarlo al padre.

Ti dicevo, l'essere umano ha una capacità immensa di provare invidia. E può persino accadere che un re entri in competizione con un toporagno. Può accadere a maggior ragione se un intero stuolo di fanciulle va affermando falsamente, ma festosamente, che il toporagno ha ucciso un numero di nemici dieci volte superiore a quello del re.

È lì che l'odio monta in Saul, si appicca, pulsa, splende, acceca. Saul vuole Davide morto.

Nel frattempo, suo figlio Gionata è diventato amico di Davide, e sua figlia Mikal se n'è innamorata. Saul tenta di fare in modo che dalla fortuna di Davide venga la sua disgrazia, dall'amore della principessa la morte.

Ricorderai di certo quel pezzo esilarante, Selene: quando me lo hai raccontato non ci potevo credere. Siccome Davide è povero e non può pagare il prezzo nuziale, Saul dice: «Vabbè, non fa niente, invece della somma dovuta mi porti cento prepuzi di filistei uccisi in battaglia».

Cento prepuzi per sposare la principessa.

Ora, io non ho mai combattuto in una battaglia dell'età del bronzo, ma immagino che sia una ben dura cosa. Io non ho mai circonciso un uomo morto, ma immagino che sia una spiacevole mansione. E faccio una gran fatica a immaginare quanto sia spiacevole, duro e maledettamente pericoloso circoncidere cento uomini morti nel bel mezzo di una battaglia dell'età del bronzo.

Però Davide vuol sposare la principessa a tutti i costi. E, come ben sai, si procura tutti e cento i prepuzi. Altro che uccisioni del drago e altre sdolcinatezze medievaleggianti!

La scena più bella è la successiva: Davide che porta i trofei al futuro suocero e, per correttezza, li conta davanti a lui. Me lo figuro, il suo volto; in un misto di soddisfatto orgoglio e batticuore, al pensiero della principessina finalmente sua. E vedo anche Saul, che brucia di livore mentre deve simulare un paterno compiacimento per il genero.

Saul non si dà per vinto. Attenta alla vita di Davide molte altre volte, in molti altri modi.

Davide stesso si lamenta. Perché tanto accanimento contro di lui, che si sente meno d'un toporagno? "Perché il mio signore perseguita il suo servo? [...] Il re d'Israele è uscito in campo per cercare una pulce, come si insegue una pernice sui monti." Al punto che scappa abbandonando la sua casa e si rifugia a Ziklag, cioè in una città filistea!

Vale a dire, è tanto in pericolo a casa sua che deve rifugiarsi fra i nemici per sentirsi più al sicuro!

Passano un anno e quattro mesi. I filistei dichiarano guerra a Israele. Dopodiché, i filistei attaccano Israele. Gli israeliti non hanno scampo. Il nemico è di gran lunga più numeroso e potente. Possiede carri da guerra. Combatte con armi di ferro, mentre gli israeliti sono fermi all'età del bronzo. C'è solo da darsela a gambe levate. Infatti è quello che fanno. Si rifugiano sulle alture aspre del monte Ghilboa. La superiorità dei filistei è schiacciante, salgono le pendici del monte: gli israeliti, terrorizzati, fuggono davanti ai nemici, sono accerchiati e sterminati. Nella battaglia del Monte Ghilboa muoiono il re Saul e i suoi tre figli maschi, Gionata, Abinadab, Malchisua, ossia i successori legittimi. È il limite K-T della storia d'Israele. Muore tutto il seguito di Saul, compreso il suo scudiero. Sarebbe morto anche Davide, genero del re, se fosse stato con loro.

Invece è in esilio a Ziklag.

Paradossalmente, è rimasto illeso proprio *grazie* al fatto di essere perseguitato (e non nonostante ciò).

A ogni modo, di lì a poco Davide diventerà il nuovo re di Israele.

Davvero le disgrazie non vengono mai sole e le fortune non vengono mai sole. Davvero chi ci odia a morte a volte ci salva la vita e ci rende re. E tu temi che chi ti ama possa trascinarti alla rovina. Sei in qualche città straniera dove ti senti al sicuro da me, e dove io sono al sicuro da te, una tua Ziklag. Forse hai ragione? Forse io che mi ostino a cercarti e riportarti a casa sono il tuo più grande pericolo, e il bene che ti voglio è per te la peggiore minaccia?

A volte me lo chiedo, in questi giorni che non so più niente di te. In questi giorni mi sembra di non sapere più nulla. Mettimi alla prova, una sola volta, un'ultima volta almeno. Una prova qualsiasi, la più dura, la più assurda. La più spiacevole e infame. Vomitami contro tutta la rabbia del mondo. Trasformati in drago e in strega, mia regina. Aspetto il fuoco e le maledizioni, a spada sguainata e a braccia aperte.

13
Elogio degli insulti

Caro il mio Belzebù,

com'è maledettamente difficile starti lontano! Non sai che desiderio ho di tornare da te!

Sì, brucio dalla voglia. Verrei, se potessi. Subito. A cavallo di un cazzo di deodonte, un maiale mannaro dell'inferno. Nuda come un'amazzone. Urlando tutti gli insulti che ti meriteresti, e che sei troppo stupido per capire.

Magari vengo al galoppo brandendo una sciabola e ti taglio la testa, samurai dei miei coglioni. E la do in pasto al deodonte del cazzo. Solo che lui la vomiterebbe. Perché la tua testa, proverbialmente, fa così schifo che non la mangiano neppure i porci, neppure quelli dell'inferno.

Perciò non mi infettare. Non ammorbarmi con il puzzo delle tue parole putrefatte.

Tornatene con i tuoi amici cretini a giocare con le spade di legno. E non immischiarti nelle cose degli adulti.

Tornatene fra le tue ossa di morti, di esseri estinti, fra i tuoi teschi inanimati. Quello è il tuo posto. Non rompere i coglioni a noi vivi.

Sei il fastidio di una zanzara che succhia il sangue. Stattene fra gli insetti, fra i pollini, fra i pulviscoli, fra le cose da ingrandire con la lente, col contafili, col microscopio (come il tuo cazzo, al cui pietoso ricordo sempre rido di gusto) e non dare noia a chi ha dentro qualcosa di grande.

Io brucio. Io sono il fuoco.

Cos'hai a che fare tu con me? Al massimo sei il bambino ottuso che giocando si scotta, sei il rigido cadavere che viene cremato, sei l'ebete falena che si butta viva fra le fiamme e trova così la sua giusta morte.

Hai vinto.
Sì, hai vinto tu. Hai vinto alla grande.

Finora avevo resistito. Ero riuscita a leggere le stronzate che mi scrivevi senza rispondere. Mordendomi le labbra, chiudendo i pugni, certo. Magari sanguinando d'ira, perché io ho il sangue nelle vene, a differenza tua. Combattendo persino contro i conati di vomito, quando mi affacciavo sull'abisso vertiginoso della tua pochezza intellettuale e morale.

Ma questo è troppo!

Quello che hai scritto su Davide è davvero troppo. Passi per l'impudenza di dire che avevi capito la storia meglio di me. Quella è una semplice prova di ciclopica ingenuità, di sesquipedale ignoranza. Ci sta. Ti si confà.

Ma quello che mi ha veramente sbalordito è l'errore. L'errore che hai fatto, mio caro automa decerebrato. Quanti sono i prepuzi che Davide porta a Saul? Cento???

Sono duecento, Pietro! Duecento cazzo di prepuzi del cazzo!

«Devi portarne cento» gli dice Saul. E lui, nella sua sollecitudine, nella sua foga, nella forza del suo trasporto, ne porta il doppio! Hai capito, testa vuota che non sei altro? Lui non si ferma a quello che è sufficiente, lui va oltre! Lui fa il doppio di quanto gli viene richiesto! Così dimostra la sua urgenza interiore, l'ardore e l'ardire, la sua *kavanah*!

Te lo ricordi cos'è, la *kavanah*? Immagino di no. Secondo me non l'hai neppure mai capito. Come, del resto, non hai mai capito una sega di tutto quello che ti ho detto e ho tentato disperatamente di insegnarti.

Per te basta che tutto sia esatto, sia preciso, che i conti tornino, no?

Guai a eccedere, guai a esagerare, guai a bruciare!

E invece, guarda un po'! Hai sbagliato di brutto proprio un numero, caro il mio perfettino pignoletto di merda. Ti intendi solo di numeri, di cifre, di date, di quantità. Sei un numero anche tu, sei un ente astratto, sei una rinsecchita cosa geometrica. E sbagli i numeri. Non vali nulla nell'unico campo in cui capisci qualcosa.

Veramente, Pietro, non so immaginare, con tutto il mio impegno, con tutta la mia fantasia, non so immaginare qualcosa che approssimi il nulla meglio di te.

Complimenti! Hai vinto.

Ah, a proposito di numeri. L'ottavo *dan*: non accadrà mai. È un'idiozia. Ma tu sei un idiota, quindi forse è giusto così. È colpa mia che non l'ho capito subito.

Comunque, questa inutile vita è la tua, sprecala pure come meglio credi.

Io, nel frattempo, mi faccio delle scopate vere con dei veri uomini.

Addio.
Davvero.
Amen.

*

Oggetto: William Shakespeare

Selene,

è molto bello sapere che sei viva. Anche attraverso una lettera come quella che mi hai mandato. D'altra parte, appunto, le fortune non vengono mai sole.

Andiamo avanti, allora. Ti devo un'altra storia di catastrofi e re. Anzi, già che ci siamo, ne ho scelta una che comincia con un insulto. Probabilmente l'insulto più spettacolare ed elaborato mai vergato da mano umana.

Eccolo:

"C'è un corvo venuto dal nulla, che si è fatto bello con le nostre piume, e col suo cuore di tigre nascosto in un corpo di attore crede di poter strombazzare i suoi pentametri giambici come i migliori di voi, ed essendo un assoluto Johannes Factotum è, a suo giudizio, l'unico scuoti-scena del paese".

Non c'è che dire: una delle più raffinate invettive mai scagliate contro una persona. E la persona, in questo caso, non è un tizio qualunque. Risponde al nome di William Shakespeare, niente meno! Ironia della sorte, si tratta del più antico scritto che ci sia arrivato su di lui. Le prime parole giunte a noi sul Bardo immortale non sono parole di lode e di elogio, ma di disprezzo.

L'uomo che ha articolato questa ingiuria così ricercata è, non per niente, un poeta. Un poeta e un drammaturgo, per la precisione. Si chiama Robert Greene. E in questo momento è un autore di teatro di gran lunga più famoso di Shakespeare.

Da poeta riunisce in queste poche righe una gragnuola di insulti, uno dietro l'altro, uno di fianco all'altro, uno dentro l'altro. Gustiamoli tutti.

Innanzitutto Shakespeare sarebbe "un corvo venuto dal nulla". Perché venuto dal nulla? Questo testo è stato scritto nel 1592. Nel 1592 Shakespeare ha ventotto anni e sta riscuotendo i primi successi sulla scena del teatro inglese. Cos'ha fatto l'anno prima? Nulla! Perlomeno, nulla di cui sia rimasto traccia. E l'anno precedente? Nulla, di nuovo. E l'anno precedente ancora? Ancora nulla. Per farla breve, non è rimasta traccia di ciò che ha fatto nei sette anni precedenti a quella data. Tanto che gli studiosi chiamano quel periodo *lost years*. Shakespeare proviene da sette anni di assoluta oscurità; è ancora un topolino, se non una pulce. Ma, come abbiamo visto, non si è mai così insignificanti da non poter essere invidiati.

Proseguiamo: "Un corvo venuto dal nulla". Ma perché un corvo? Perché così Greene può dire che quel corvo "si è abbellito con le nostre piume". E cioè? Ha copiato. È vero che Shakespeare, il grande Shakespeare, ha copiato da altri autori? Non sappiamo esattamente a cosa si riferisse Greene, ma una cosa è certa: Shakespeare non ha mai inventato una storia in vita sua.

Amleto è una leggenda danese.

Romeo e Giulietta è una novella italiana. E quella di Shakespeare è, niente meno, la tredicesima riscrittura della vicenda.

"Nel suo corpo di attore." Sì, Shakespeare era un attore. Questa non era una cosa consueta. Di solito uno o faceva lo scrittore o faceva l'attore. Lui faceva l'attore, poi si è messo a scrivere. Fa l'uno e l'altro. Allora Greene lo chiama Johannes Factotum. Come dire "Giacomino tuttofare". In inglese c'è un proverbio: *Jack of all trades, master of none*; Giacomino tutti i mestieri, maestro di nessuno.

Insomma, questo tizio fa l'attore, scrive tragedie, commedie, sonetti. Che faccia una cosa sola e la faccia per bene, il cialtrone!

Questo super insulto è contenuto in un libro dal titolo molto snello, facile da ricordare: *Un soldo di spirito di Greene, acquistato con un milione di pentimenti – Dove si descrive la follia della gioventù, la falsità*

degli improvvisati adulatori, la miseria dei negligenti e
gli illeciti dei cortigiani ingannatori. Scritto prima della
morte e pubblicato su richiesta in fin di vita.

Quel "… scritto prima della morte" non è un bluff.

Greene ha scritto il libro in fin di vita, ed è morto
durante la stampa. Se n'è andato a soli trentadue anni.
Cosa l'ha ucciso? Le cronache del tempo dicono la sua
condotta dissoluta, in particolare l'eccesso di aringhe
in salamoia e di vino del Reno. Ora, io non so quante
aringhe in salamoia mangiasse questo qui, ma punterei
più sul vino del Reno.

Nel 1592 muore il famoso Robert Greene.

Ma ci sono tanti altri protagonisti sulla scena del teatro inglese elisabettiano!

Christopher Marlowe, per esempio, che è coetaneo
di Shakespeare, di soli due mesi più grande.

È più noto di Shakespeare. E, fino a quel momento, gli è stato di molto superiore artisticamente. Ha già
prodotto tre capolavori: *La tragica storia del Dottor
Faust, Tamerlano il Grande, L'ebreo di Malta.* Shakespeare non ha ancora scritto nulla di paragonabile.

Nel 1593, un anno dopo la morte di Greene, Marlowe
entra in una taverna.

Ma è pericolosa, la taverna, c'è il vino del Reno!
Non sarebbe più prudente darsi alle aringhe? Niente
da fare! Marlowe beve, beve, beve fino a perdere il

controllo. Al momento di pagare il conto dà in escandescenza e attacca briga con un certo Ingram Frizer. Marlowe estrae il coltello e lo alza contro Frizer. Non è una buona idea maneggiare un coltello quando si è ubriachi fradici. E infatti Frizer glielo strappa e glielo pianta nell'occhio destro. Marlowe cade a terra, morto.

Ma ci sono tanti altri protagonisti sulla scena del teatro inglese elisabettiano! Per esempio? Thomas Kyd. Nel 1594, un anno dopo la morte di Marlowe, anche Kyd è un autore più noto di Shakespeare. Ha scritto *La tragedia spagnola*. Ha trentacinque anni. Trentacinque anni sono una grande età per uno scrittore: si è già maturi e dotti, ma ancora pieni di energia creativa. E Thomas Kyd, a trentacinque anni... muore. Non conosciamo la causa della sua morte. D'altra parte non sappiamo neppure cosa abbia ucciso Shakespeare. A ogni modo, anche lui se ne è andato.

1592, 1593, 1594: in tre anni escono di scena i maggiori colleghi – e rivali – di Shakespeare.

È il limite K-T del teatro elisabettiano.

Chi rimane con lui adesso? Nessuno. Perlomeno nessuno di cui ci sia rimasta traccia. Nessuno di cui ci sia arrivato il nome.

E in questa solitudine il genio di Shakespeare spiega le ali, ingigantisce. Shakespeare diventa Shakespeare.

Scrive dei capolavori: *Sogno di una notte di mezza estate*, *Il mercante di Venezia*, *Giulio Cesare* e, naturalmente, *Romeo e Giulietta*.

ROMEO: Per la felice Luna che imbianca le cime di questi alberi, io giuro…

GIULIETTA: Oh, non giurare per la Luna, per la Luna incostante che muta ogni mese nel suo rotondo andare: non vorrei che il tuo amore fosse come il moto della Luna.

ROMEO: E allora per che cosa devo giurare?

GIULIETTA: Non giurare; o giura per te, gentile, che sei il dio che il mio cuore ama, e sarai creduto.

ROMEO: Se il caro amore del mio cuore…

GIULIETTA: No, non giurare. Ogni mia gioia è in te, ma non ho gioia dal nostro patto d'amore di questa notte; improvviso, inaspettato, rapido, troppo simile al lampo che finisce prima che si dica "lampeggia". Buona notte, mio amore! Questo germoglio d'amore che si apre al mite vento dell'estate sarà uno splendido fiore quando ci rivedremo ancora.

Ecco, Selene, ti ho appena raccontato che razza di strage sia dovuta accadere perché Shakespeare vergasse questi versi. E so bene che i due innamorati in questione faranno una bruttissima fine. E Giulietta ha appena detto una cosa veramente deprecabile sulla Luna. E non siamo neppure in estate. Tuttavia, dal fondo della mia disperazione, prendo in prestito e sottoscrivo le sue parole. Perché sono certo che ti rivedrò. E che mi crederai, prima o poi. E che allora quello che stiamo vivendo muterà di bocciolo in fiore, si farà gigantesco come un pesce che esce dall'acqua.

"Buona notte, mio amore! Questo germoglio d'amore che si apre al mite vento dell'estate sarà uno splendido fiore quando ci rivedremo ancora."

14
Muso Gonnosuke

Ogni *dojo* di arti marziali ha una parete su cui campeggia il cosiddetto *kamiza*, ossia l'altare degli spiriti. Può contenere armi, fiori disposti secondo l'ikebana, gli ideogrammi che compongono il nome dell'arte marziale, ma, soprattutto, contiene un'immagine del *kami*, dello spirito, vale a dire dell'uomo che è possibile considerare il fondatore della disciplina. In un certo senso, l'antenato di cui i praticanti sarebbero gli eredi.

Nel caso di un'arte marziale come il judo, per esempio, la decisione è obbligata. Nel *kamiza* va collocata un'immagine di Jigoro Kano, sempre la stessa, in cui è baffuto e imbronciatissimo. Jigoro Kano, figlio di un imprenditore nel ramo del sake, da bambino si era dedicato a uno sport molto popolare in Giappone: il baseball. In seguito, con ostinato interesse, senza l'aiuto del padre

– anzi contro il suo parere – aveva tentato di recuperare le arti marziali tradizionali nipponiche, ormai cadute in disgrazia e indirizzate a passo sicuro verso l'oblio. Appreso, soprattutto tramite vecchi manuali, il ju-jitsu, ne elaborò una nuova forma. Siccome il suo scopo era impedire l'estinzione delle arti marziali, e trovare, anzi, il modo di farle proliferare, anche fuori dal Paese del Sol Levante, trasformò il ju-jitsu in modo utile a tale obiettivo: ripulendo l'antica arte da tutto quello che poteva provocare all'avversario danni permanenti, o l'ancor più permanente condizione comunemente denominata morte.

Riuscì così a plasmare, dalla dura materia marziale e micidiale, uno sport adatto a essere diffuso in tutto il mondo e praticato con profitto e divertimento persino dai bambini. Il judo, infatti, come saprete, rientra da molto tempo fra le discipline olimpiche, a differenza del baseball, che ci entra e ne esce incessantemente, a cicli alterni. Insomma, un successo. Possiamo immaginare l'approvazione del padre imprenditore dal mondo degli spiriti.

Col kendo il discorso è diverso. Perché quelli che potremmo chiamare fondatori sono in realtà un nugolo di maestri provenienti dalle maggiori scuole, che hanno concordato una sintesi intrecciando e mescolando i loro saperi. Per stare sul vago, in un *dojo* di kendo, nel *kamiza* si dispone semplicemente l'effige di un grande samurai vissuto nel Giappone feudale, figlio a sua volta di un samurai, a sua volta figlio di samurai e così via, fino a perdere ogni traccia genealogica. Di solito si scelgono tal Iizasa Ienao o tal Muso Gonnosuke: tutta gente che non si è mai sognata di produrre sake, né di giocare a baseball, ma che, in compenso, ha trascorso l'esistenza ammazzando una quantità incalcolabile di individui.

Nel *dojo* di Rimini, dove pratica Pietro, si staglia Muso Gonnosuke. E Pietro, naturalmente, conosce a menadito la storia di costui.

Maestro del *bo*, un bastone di legno lungo circa centottantadue centimetri, ebbe l'ardire di sfidare Miyamoto Musashi, secondo molti il più abile spadaccino della storia. Fu sconfitto. Ma Musashi, riconoscendone il valore, lo risparmiò. Da quel giorno Gonnosuke si ritirò in un monastero a riflettere sulla sconfitta e ad affinare la sua tecnica. Dopo molti anni di esercizio estenuante e meditazione rigorosissima, si convinse che c'era un modo per migliorare la sua arma.

Gonnosuke tagliò via una parte del *bo*, riducendone drasticamente la lunghezza: sotto i centocinquanta centimetri. All'arma ottenuta fu dato un nuovo nome: *jo*.

Sì, in effetti è un miglioramento assai poco intuitivo.

Comunque sia, usando il *jo*, sfidò nuovamente Musashi. E, questa volta, almeno secondo alcune versioni della storia, vinse (si tratta dell'unico duello in cui Musashi fu sconfitto, in tutta la sua vita). Ma, per riconoscenza – e, forse, gusto della simmetria – risparmiò anch'egli l'avversario.

Pietro spesso si chiedeva che senso avesse questa storia. Perché, come detto, lui alle storie voleva sempre dare un senso. Avrebbe dovuto tagliare via, amputare qualcosa di sé? E cosa comportava questo? Avrebbe dovuto tagliare via una parte del suo cuore, rinunciare a Selene, dimenticarla per sempre e tornare così a vivere felice, evolvendo? Era Selene la parte da eliminare? O avrebbe dovuto piuttosto rinunciare a qualche sua certezza, qualche sua abitudine mentale o rigidità, per poi riconquistare Selene? Doveva lasciar perdere l'ossessione della vittoria, come il famoso Kenichi Ishida? E qual era, in questo caso, la vittoria?

A rendere il tutto ancora più confuso c'era un particolare che il maestro gli aveva riferito. A detta di alcuni cronisti, pare, Gonnosuke aveva avuto la meglio su Musashi proprio sfruttando la maggiore lunghezza della sua arma (un *jo* è di molto più lungo di un *bokuto*). Secondo costoro, Gonnosuke aveva senz'altro fatto bene a spendere così tanto tempo e impegno nel migliorare la sua tecnica. Ma aveva fatto male ad accorciare la sua arma. Mantenendo la lunghezza intera, dicono, avrebbe vinto comunque, e con maggiore agio.

Dunque la soluzione stava tutta nella distanza? La giusta distanza, *maai*, come si chiama nel kendo? Qual era qui la distanza giusta? Era un bene che Selene se ne fosse andata lontano, per un po'? Solo così il loro amore sarebbe diventato veramente grandioso e infuocato, al suo ritorno? Oppure era lui a dover guadagnare una certa distanza emotiva da tutta questa folle vicenda, per vederla con uno sguardo più lucido e sereno? Forse adesso fra lui e Selene c'era una distanza eccessiva, che occorreva a tutti i costi ridurre. Doveva trovarla, ovunque fosse, e andare da lei. La giusta distanza fra due amanti è zero. O no?

"La storia vuol dire che...": questa è l'espressione che Esopo mette alla fine di quasi ognuna delle sue favole. Ma come interpretare le storie, se da esse sgorgano significati diversi e contrari di continuo, come le teste dell'Idra?

15
Belzebù

E pensare che tutto era cominciato una domenica mattina qualunque, in un bar qualunque di Rimini, mentre una ragazza qualunque sorseggiava il suo cappuccino qualunque. Improvvisamente la ragazza qualunque aveva sgranato gli occhi, aveva imprecato, si era alzata di scatto dalla sedia. Durante l'operazione aveva urtato il tavolino qualunque e per poco non aveva fatto rovesciare la tazza qualunque. Dopodiché aveva sbuffato, si era chinata in fretta a prendere la tazza e aveva indietreggiato di un passo ancora. Perché quel trambusto? Oh, nulla di serio, non preoccupatevi. Una sciocchezza qualunque. Il fatto è che la ragazza qualunque aveva appena visto, ferma sull'asta dell'ombrellone accanto al suo tavolino, un'ape qualunque. E si dava il caso che qualunque ape la terrorizzasse, da quel giorno qualunque in cui era stata punta.

«Tutto bene?» aveva sentito domandare da un ragazzo qualunque, seduto a un tavolo qualunque accanto al suo.

La ragazza aveva risposto frettolosamente, col tono di mal dissimulato fastidio che si può tributare a un qualunque aiuto non richiesto, specie se ci obbliga a confessare di avere avuto una reazione sproporzionata alla causa.

«Ma no, niente... è che... c'è un'ape» aveva fatto con un gesto sbrigativo qualunque in direzione dell'insetto.

Il ragazzo qualunque allora si era avvicinato di qualche passo all'ombrellone qualunque. Aveva osservato l'ape qualunque, e aveva pronunciato qualcosa che la ragazza non si aspettava e che aveva turbato la banalità qualunque della scena: «È una mosca».

Proprio così aveva detto, il ragazzo qualunque: «È una mosca». Lo aveva affermato senza l'aria di contraddire o di correggere la ragazza, ma al contempo con una tranquillità che non rendeva possibile contraddirlo o correggerlo. Usando un tono cortese e privo di qualunque saccenteria.

«È una mosca.» Lo aveva detto alla maniera con cui si presenta un parente qualunque a un amico ignaro dei nostri legami familiari. Come dicendogli: «È mia zia». Lo aveva detto, quasi, un po' come si parla del proprio cane a un estraneo qualunque che si sia fermato ad ammirarlo e vezzeggiarlo: «È un golden retriever».

La ragazza aveva sgranato, per la seconda volta nella mattinata qualunque, i suoi non qualunque occhi neri. Aveva quindi ipotizzato di non avere capito bene – o che il ragazzo avesse una pessima vista.

Dopodiché il ragazzo che non articolava in modo chiaro le parole – o che aveva una pessima vista – aveva picchettato con due dita della mano sinistra l'asta dell'ombrellone, aveva atteso che l'ape si alzasse in volo e aveva allungato di colpo il braccio chiudendo l'insetto nel pugno. Aveva provocato un terzo e più prolungato sgranarsi di occhi neri.

Poi il ragazzo che non parlava bene – o che non vedeva bene – sempre tenendo stoicamente l'ape nel pugno, si era voltato verso la ragazza qualunque dagli occhi non qualunque, le aveva sorriso e le aveva detto: «È un sirfide: un dittero del sottordine dei brachiceri. Cioè, in parole povere, una mosca». Aveva aperto lentamente la mano come porgendo alla ragazza l'ape – o la mosca – e aveva proseguito: «È a strisce gialle e nere, per cui sembra un'ape, ma in realtà è una mosca. Vedi che ha gli occhi da mosca?».

La ragazza aveva pensato che, per la prima volta nella sua vita, qualcuno le aveva chiesto di guardare negli occhi un insetto. Così i suoi occhi non qualunque avevano guardato con una certa curiosità gli occhi dell'autore di quella non qualunque richiesta.

E viceversa, naturalmente.

«I sirfidi sono le macchine volanti più perfette della natura» aveva detto il ragazzo. E aveva scosso leggermente la mano. Al che il sirfide, che, a quanto pareva, nonostante le apparenze, era più una mosca che un'ape, aveva cominciato a volare seguendo, effettivamente, linee di sorprendente precisione geometrica, svoltando in curve che erano più spigoli che curve, e fermandosi addirittura immobile a mezz'aria, come fosse un drone e non un animale.

«Vedi, vedi come vola? Vedi com'è preciso?» C'era una sottile soddisfazione nella sua voce. Non che avesse parlato dell'insetto con lo stesso affetto con cui i padroni di cani parlano dei loro amici a quattro zampe, ovviamente. Ma neppure con l'imbarazzo che solitamente si prova nel parlare dei propri parenti.

La ragazza qualunque dagli occhi neri non qualunque aveva pensato che il ragazzo qualunque dagli occhi azzurri avesse nel portamento, nei gesti, nella proprietà del linguaggio, una precisione perfetta e un po' straniante, vagamente simile a quella del sirfide.

Gli aveva affibbiato mentalmente un soprannome: Belzebù, dall'ebraico *Ba'àl-zebub*, ossia "Il Signore delle mosche".

Non è dato sapere se sia lecito ritenere quell'incontro l'inizio di un corteggiamento.

Fatto sta che dopo quel primo approccio – o dopo quella prima lezione di entomologia – i due si erano rivisti. Poi, nel giro di un mese, Belzebù le aveva rubato il cuore.

E viceversa, naturalmente.

16
Bolgia del fuoco

Oggetto: Homo

Selene,
forse hai ragione tu: non capisco niente di ebraico antico e men che meno di poesia.

La letteratura non mi ha mai, nemmeno una volta, aiutato a capire la vita. Anzi, è successo l'opposto: capire un verso dopo aver vissuto. Come la prima volta che ci siamo baciati. È successo tutto in un modo che non avevamo deciso, a cui non ero pronto. E, non so come, mi è venuto da tremare. Ma non avevo freddo. Be', sì, era inverno, ma non tanto rigido da tremare. E io ho pensato a quei versi di Dante: "la bocca mi basciò tutto tremante". "Ma che diavolo c'entrano i tremiti?" mi ero sempre chiesto. "Sarà una licenza poetica" mi dicevo. Poi ci siamo baciati e ho capito. Ho capito qualcosa di Dante, baciandoti.

Invece la scienza mi insegna, mi chiarisce. Non mi dice solo come avvengono le cose, che sarebbe il suo mestiere. Galileo sostiene che la scienza può spiegare come vanno i cieli e la religione come si va ai cieli. Ecco, io, al contrario, ogni risposta dello spirito, ogni indicazione su chi siamo, dove andiamo, da dove veniamo, ce l'ho della scienza.

Per esempio, tornando a noi: io non posso abbandonarti. Non posso lasciarti perdere, amore mio. E sai perché non posso? Per una cosa che un mio collega scienziato ha scoperto nel 1974.

Ti racconto.

La vera Eva

1974. Un gruppo di giovani paleoantropologi, capitanati dal trentenne Donald Johanson, sta lavorando ad alcuni scavi in Etiopia, in una zona chiamata depressione di Afar: uno dei luoghi più inospitali della Terra.

Cosa c'è nella depressione di Afar? La depressione, principalmente. E poi rocce basaltiche, in gran parte coperte di sale, sabbia coperta di sale, altra sabbia, altre rocce, altro sale, più sabbia, più sale, più rocce e così via. Qualche lago di tanto in tanto: salato, ovviamente. E loro sono lì, in mezzo a tutto questo nulla, a scavare nella speranza di rinvenire ossa di uomini morti milioni di anni prima.

Non un'attività particolarmente sollazzevole per l'umore. Forse è anche per questo, per tirarsi un po' su di morale, che la sera, tornati all'accampamento, ogni tanto fanno una festicciola: bevono, cantano insieme, ascoltano musica. Ascoltano soprattutto una canzone dei Beatles: *Lucy in the Sky with Diamonds*. Anche i Beatles, nel frattempo, si sono estinti: non esistono più dal 1970. Ma questa è un'estinzione di poco conto, laggiù nella depressione di Afar. L'importante è ascoltare qualcosa di orecchiabile, buttare giù una birra, tenersi allegri.

Una mattina, al momento di cominciare le operazioni di scavo, Donald Johanson dice al suo collaboratore, Tom Gray: «Oggi mi sento fortunato. Non facciamo il percorso stabilito: facciamone un altro». Curioso quanto ottimismo possa infonderti Ringo Starr!

L'ottimismo illogico e la deviazione dall'itinerario programmato si rivelano fruttuosi, i paleoantropologi trovano qualcosa: non un semplice frammento di mandibola o di tibia, ma uno scheletro articolato con ossa della testa, del busto, delle braccia, delle gambe; quanto basta per dare l'impressione vivida e inesorabile di non trovarsi di fronte a qualche osso sparso, ma a un intero individuo, per quanto frammentato e fossilizzato. L'individuo in questione è vissuto ben 3,2 milioni di anni fa, appartiene alla specie *Australopithecus afarensis* e, come risulta dalle ossa del bacino, è una femmina. Si tratta di un antenato diretto del genere umano, il più antico mai rinvenuto. Una scoperta d'importanza mondiale.

Quella sera sì che festeggiano, sì che cantano, bevono, ascoltano musica: *Lucy in the Sky with Diamonds*. Al punto che gli viene l'idea di chiamare il fossile Lucy.

Ora, Lucy è indubbiamente il fossile più celebre di tutta la storia della paleoantropologia. Anzi, a dirla tutta, è probabilmente l'unico fossile al mondo per cui abbia senso usare l'aggettivo "celebre". Lucy è a tal punto pop che ha ispirato romanzi, fumetti, film. Uno nel 2014 con la diva del momento, Scarlett Johansson, che, per una curiosa coincidenza, ha quasi lo stesso cognome del paleoantropologo artefice della scoperta.

Su questo argomento si è scritto, disegnato, filmato, parlato, surfando sull'onda sfavillante dell'entusiasmo, senza soppesare con troppo puntiglio le parole. Ho sentito dire, più e più volte, per esempio nel suddetto film, che Lucy è la prima donna di cui si abbia una testimonianza. In un certo senso, è l'Eva della paleoantropologia, l'Eva della scienza. Definizione suggestiva: l'Eva della scienza. Suggestiva ma immotivata.

Perché? Perché Lucy era un *Australopithecus afa-*

rensis. Cioè era una scimmia alta un metro e qualche centimetro, il cui unico tratto umano era la capacità di camminare in posizione eretta, non sappiamo con quanta eleganza. Non si può dire che fosse una donna. Semplicemente perché non si può dire che un australopiteco sia un uomo.

Ma allora quando è avvenuto il passaggio? Qual è stata la prima specie animale a poter essere considerata umana?

Be', la risposta non è per niente scontata. Anche perché si tratta di stabilire cosa sia esattamente un essere umano.

A ogni modo, secondo alcuni paleoantropologi (ma non tutti) la prima specie umana è l'*habilis* (che costoro chiamano, appunto, *Homo habilis*). A volte ho sentito dire che *habilis* fu la prima specie a saper fabbricare strumenti. Ma questo è inesatto. Anche alcuni scimpanzé sanno costruire oggetti (per non parlare di quello che combinano alcuni insetti dell'ordine dei tricotteri). *Habilis* fu la prima specie animale a costruirsi oggetti servendosi di altri oggetti: per esempio, usando un sasso per scheggiare una selce.

Notevole, senz'altro. Ma per alcuni (fra cui ci sono io) questo non basta. Costoro definiscono l'*habilis* come *Australopithecus habilis* e identificano la prima specie umana nell'*erectus*.

Sì, lo so che ti sto confondendo le idee. *Australopithechus*, *habilis*, *erectus*, *neanderthalensis*, *sapiens*, *sapiens sapiens*. Cose che sono il mio pane, ma non il tuo; roba di cui hai sentito parlare al massimo durante qualche lezione a scuola. Poi, col tempo, la nebbia avvolge certi ricordi, persino in una mente brillante come la tua.

Vado con ordine. Qual è la caratteristica dell'*Homo erectus*? "La stazione eretta, lo dice la parola stessa" forse starai pensando. Ecco, non so come dirtelo: no. O meglio: è vero che *erectus* stava eretto, ma questa non è la sua caratteristica distintiva. Anche Lucy, milioni di anni prima, stava eretta.

Perché l'hanno chiamato così, allora? Semplice: si sono sbagliati. Quando gli hanno dato questo nome, l'*Homo erectus* era la più antica specie trovata a cui si potesse attribuire la postura eretta. Gli scienziati devono avere pensato che lo sarebbe rimasta per sempre. Invece no.

Ma allora cosa rende persone gli *erectus*? Non c'è una caratteristica soltanto: ce ne sono diverse, sorte in successione nella stessa specie.

La prima è che l'*Homo erectus* era in grado di controllare il fuoco. Immagina di vedere una scimmia che accende un falò, poi lo spegne, poi, siccome il fuoco le serve ancora, lo riaccende. La prima cosa che penseresti di quella scimmia, probabilmente, è che non è una scimmia. Il fuoco è l'inizio, l'origine simbolica della tecnologia tutta.

La seconda: l'*Homo erectus* è avventuroso. Viaggia, esplora. Sono stati trovati fossili di *erectus* in un areale vastissimo: dall'Africa alla Cina. Nessun'altra specie animale si è diffusa così tanto in così poco tempo.

La terza: il cranio di *erectus* porta l'impronta dell'area di Broca, l'area del cervello che permette l'elaborazione del linguaggio. In più, ha la base arcuata: segno che la laringe è sufficientemente bassa da consentire di articolare bene i suoni.

Erectus condivideva con noi *Homo sapiens* un problema, un difetto che ci rende diversi da tutti gli altri mammiferi: noi non possiamo bere e respirare contemporaneamente (maledetta laringe bassa!). Però questo difetto ci ha donato la possibilità di parlare.

Ma c'è un altro aspetto, ancora più impressionante, che ha convinto alcuni scienziati in modo definitivo, che gli ha fatto dire: «Sono esseri umani, sono persone». Per parlartene, tuttavia, devo raccontarti un'altra storia.

Anno 1974, lo stesso della scoperta di Lucy. Questa volta non siamo in Etiopia, ma in Kenya. Non c'è un paleoantropologo americano, ma uno africano, si chiama Kamoya Kimeu.

Cerca. Trova. Riporta alla luce un fossile di *Homo*

erectus risalente a 1,7 milioni di anni fa. Non un frammento di cranio o una tibia, ma uno scheletro articolato, come nel caso di Lucy. È il più antico scheletro di *Homo erectus* trovato fino a quel momento. Il primo essere umano di cui si abbia traccia.

Ed esaminando le ossa del bacino risulta che quell'*Homo erectus* è una femmina, come Lucy. Be', quella sì che è la prima donna di cui abbiamo testimonianza! Quella sì, è la vera Eva della paleoantropologia! L'autentica prima donna della scienza! Su di lei bisogna scrivere romanzi, disegnare fumetti, girare film!

Non so tu, ma io lo leggerei tutto d'un fiato un bel romanzo col nome di quella donna in copertina. Anche se, a dirla tutta, un romanzo con un titolo così forse lo comprerei solo io.

Sai che nome è stato dato alla vera Eva, eh?

I paleoantropologi l'hanno chiamata KNM-ER 1808.

"Ma… che musica ascoltavano in quell'accampamento?!" viene da chiedersi.

Il fatto è che non tutti i fossili hanno un nome di uso comune, anzi quasi mai. KNM-ER 1808 è il nome di archivio del fossile. KNM significa Kenya National Museum, il museo in cui il fossile è conservato. ER sta per East Rudolf, il parco nazionale in cui è stato fatto il ritrovamento. Mentre 1808 è la cifra che dipende dalla numerazione progressiva.

Anche Lucy, ovviamente, ha un nome di archivio: AL 288. Cioè Afar Locality 288.

Ora, le ossa di questo fossile hanno qualcosa di molto speciale: sono deformate. Orribilmente deformate e coperte di depositi calcificati. La donna soffriva di una patologia gravissima, la ipervitaminosi A. Consiste, come dice il nome, nell'avere un eccesso di vitamina A e si può contrarre mangiando il fegato di un carnivoro. La malattia è così invalidante che la donna non poteva neppure reggersi in piedi (ironia involontaria e terribile delle cose: il più antico e più importante esemplare *Homo erectus* di cui abbiamo notizia... non stava eretto!). Dunque non era in nessun modo autosufficiente, di certo non poteva procurarsi il cibo. Ma – ecco la stranezza – l'entità delle calcificazione è tale che la donna deve avere convissuto con la sua malattia per intere settimane, se non mesi.

Come coesistono queste due cose? Non poteva procurarsi il cibo, ma è sopravvissuta settimane, mesi. È sopravvissuta settimane, o mesi, senza procurarsi il cibo. C'è un'unica spiegazione possibile: è stata assistita, qualcuno si è preso cura di lei, l'ha nutrita. È la prima testimonianza fossile del sentimento umano della compassione.

Se mi chiedessero: "Dove vorresti tornare con una macchina del tempo? Chi vorresti vedere? Giulio Cesare? Galileo Galilei? Darwin? Miyamoto Musashi? Vuoi andare da Shakespeare, vuoi spiegargli la questione degli orologi svizzeri?". Ecco, probabilmente la cosa più commovente e sconvolgente sarebbe andare a incontrare lei, KNM-ER 1808. Nome inventato di un esemplare di *Homo erectus* (che non sta *erectus*). Il primo essere in cui potersi specchiare per vedere l'inizio del desiderio di scoprire, del linguaggio, della compassione. Ciò che ci rende umani.

Capisci, Selene? Come faccio io a non starti accanto? Come faccio a essere ciò che sono senza starti accanto? A essere uomo, non nel senso di persona virile, ma nel senso di individuo appartenente al genere *Homo*? Se non so fare questo, se non so affrontarlo, allora che senso hanno tutte le mie parole? Nessuno. Dove potrebbero portare tutti i viaggi che posso compiere se non da te? In nessun luogo. Ma soprattutto, che ne sarebbe del mio fuoco?

*

Oggetto: Babele

Selene,
ancora non so dove sei. Verrei a prenderti, altrimenti. Ma non ho altra arma che le parole. Non ho altro strumento che il racconto. Rischio di impazzire e mantengo un ordine. Ora tocca alla storia ebraica.

Ti devo un racconto biblico che parli di fuoco e tecnologia, di migrazioni umane, di parole, del sentimento di solidarietà che le persone possono sentire le une verso le altre.

Genesi 11, 1
L'umanità è al suo inizio. Tutta unita e tutta riunita in un unico punto del mondo. Così gli uomini si dicono: "Venite, facciamoci mattoni e cuociamoli al fuoco".

E poi: "Facciamoci una città e una torre, la cui cima tocchi il cielo e facciamoci un nome".

Perché, dunque, si costruiscono la torre? Per farsi un nome. Questa, almeno è la traduzione ufficiale attuale della CEI. E qui sta la prima cosa che non capisco. Farsi un nome? In che senso? Farsi un nome significa aumentare la propria fama e la propria reputazione. Si fa un nome lo scienziato che pubblica un articolo su una rivista prestigiosa e la cui notorietà cresce. Ma qui a parlare è l'umanità stessa: intera, vicina. Davanti a chi dovrebbero farsi un nome? Di chi tentano di attrarsi l'attenzione e la stima? La prima risposta che viene in mente è: davanti agli altri animali. Ma è piuttosto comica. Cioè è abbastanza comico pensare che gli uomini abbiano tentato una tale titanica fatica per far bella figura agli occhi di capre, serpenti, scorpioni, aquile, condor. Difficile immaginare la speranza degli uomini, mentre trasportano pesanti macigni, che un giorno un rapace volteggi attorno alla torre mostrando segni di compiaciuta approvazione.

Allora ho cercato meglio. E ho imparato una cosa nuova: l'ebraico *shem* ha come significato principale la parola nome.

Ma, come tutte le parole, *shem* ha anche un altro significato. E forse in questo altro significato sta la soluzione del nodo. Può significare simbolo, segno, segnacolo.

Ossia, l'umanità, ora che è tutta coesa, ora che ogni uomo riconosce in ciascun altro uomo un suo simile, vuole farsi un simbolo: il monumento all'Umanità.

Be', questa scelta sembra aver senso anche alla luce delle parole che seguono: "… facciamoci un simbolo, per non disperderci su tutta la Terra".

Gli uomini dicono: "Ora che siamo uniti facciamoci un simbolo per ricordare che siamo tutti esseri umani. Che non ci accada che un giorno, andando ognuno per la sua strada, e facendoci vesti diverse e fogge diverse dei capelli, e mangiando e pregando diversamente, noi ci dimentichiamo la nostra unità. Che non ci accada di scannarci gli uni con gli altri come se fossimo nemici. Che non ci accada di esserci indifferenti come se fossimo estranei".

Non sembra una cattiva idea, dopotutto.

E la Bibbia continua: "Dio scese a vedere la città e la torre che stavano costruendo". Ecco un'altra immagine che mi disorienta, un'altra cosa difficilissima da accettare. Come immaginiamo Dio, tradizionalmente? Come un vegliardo, dalla barba fluente e candida. E cosa va a fare costui? A vedere la città e la torre che gli uomini stanno costruendo. Io, con invincibile imbarazzo, mi sento istigato a immaginarmi Dio come uno di quegli anziani fermi a osservare i cantieri edili nelle nostre città. A rafforzare l'assurda analogia è il fatto che a Dio il cantiere non va bene per nulla.

Dice: "Ecco, essi sono un solo popolo e hanno tutti una lingua sola; questo è l'inizio della loro opera e ora quanto avranno in progetto di fare non sarà loro impossibile".

Viene da pensare: "Bene! Andiamo avanti così, dunque!". Invece Dio continua: "Scendiamo dunque e confondiamo la loro lingua, perché non comprendano più l'uno la lingua dell'altro".

Perché?! Forse perché l'uomo è cattivo? Quindi il potere di compiere tutto ciò che vuole sarebbe il potere di compiere infinitamente il male? Oppure perché l'uomo non è malvagio, ma immensamente maldestro e insipiente: perciò finirebbe per compiere infinitamente il male pur agendo in buona fede e con le migliori intenzioni? Oppure perché Dio ci invidia?

Il fatto è che, come sai, il testo biblico non fornisce spiegazioni.

Fatto sta che Dio moltiplica e diversifica gli idiomi degli uomini. Cosicché gli uomini, non riuscendo a interagire, non lavorino più insieme. Perciò si disperdono, diffondendosi su tutta la superficie della Terra.

Ti faccio notare che il racconto biblico inverte clamorosamente la causa con l'effetto. Cioè, secondo la *Genesi* non è avvenuto che le lingue si siano differenziate perché l'uomo si era sparso su tutta la Terra, creando società separate. Ma, al contrario, l'uomo si è sparpagliato e ha creato comunità singole come reazione al fatto che le lingue si erano moltiplicate.

È un po' come se uno mi chiedesse: "Perché voi romagnoli fate la piadina in modi diversi nei diversi luoghi della vostra terra: chi più sottile, chi più spessa, chi usando l'olio, chi lo strutto? È forse perché ogni luogo ha le sue tradizioni, i suoi usi e costumi?". E io rispondessi: "No. Noi un tempo eravamo tutti uniti e facevamo la piadina in un identico modo. Si stava, anzi, per erigere un monumento all'omogeneità. Poi, con l'intervento di un'entità superiore, per motivi che non conosciamo, improvvisamente si sono diversificate le ricette. Allora, per non litigare, ci siamo allontanati gli uni dagli altri. Quelli a cui piaceva la piada più spessa sono migrati a nord, verso Ravenna, quelli a cui piaceva sottile sono fuggiti a sud, verso Rimini. Così ci siamo dispersi un tutta la Romagna". Capisci bene che non sta in piedi.

Basterebbe questo esempio, Selene, per darti l'idea dello sforzo che è costato a una persona come me studiare l'ebraico e inoltrarmi nella conoscenza, seppure superficiale, della Bibbia. Solo per te potevo fare una cosa del genere.

Eppure... Eppure c'è sempre un eppure. Sì, lo ammetto, la storia razionalmente non sta in piedi, ma l'immagine della Torre di Babele ti si avvita dentro. Il giro dei pensieri ci torna a volute sempre più strette. Si prova nostalgia di questa forma impossibile. "Che peccato che non esista!" vien da dire a me, nella mia umana insipienza.

Ma davvero non esiste? Non c'è allora davvero nulla che possa essere eletto a monumento dell'Umanità, a simbolo nostro? Non c'è una vera e compiuta Torre di Babele?

Forse sì: il linguaggio. È vero che possiamo non comprendere un uomo che parla una lingua straniera, ma capiamo che sta parlando. E se sta parlando, allora sta esprimendo pensieri e sentimenti. E se sta esprimendo pensieri e sentimenti con il linguaggio, è un essere umano.

Ecco la vera Torre di Babele. Il linguaggio. Non qualcosa che per essere portato a termine ha bisogno di una lingua comune. Ma qualcosa dalla quale tutte le diverse lingue sono accomunate. Non qualcosa di cui si narri la storia. Ma il fatto stesso che tutti noi, da sempre, narriamo storie.

La costruzione della Torre di Babele non è stata impedita dal diversificarsi delle lingue, ma è fatta, è costituita da tutte le lingue. E ogni parola, ogni frase, in un qualunque idioma venga pronunciata o scritta, è un mattone, un gradino, un arco, una finestra di questa costruzione smisurata "la cui cima tocca il cielo".

Non siamo del tutto dispersi se esistono le parole. Non ti ho perduta del tutto se posso ancora raccontarti storie e se tu, in qualche modo, le ascolti.

*

Oggetto: Jemmy Button

Selene, voglio parlarti chiaro. Io scelgo te. Io scelgo te, fra te e il mondo. Io scelgo il tuo cuore, mio cuore. Io resto con te ovunque tu sia. Qualunque cosa comporti stare con te. Dovunque tu sia, torna. Qualunque cosa comporti il tuo ritorno, io sarò grande abbastanza da comprenderla.

Ho una storia di lingue diverse e di incomprensioni. Una storia di viaggi e tecnologia e sentimenti umani.

Terra del Fuoco, 1833

Dunque, Jemmy Button ha avuto una vita complicata. "L'abbiamo tutti!" dirai tu. Certo. Ma Jemmy Button ha avuto una vita complicata in modo particolarmente complicato.

Era un aborigeno della tribù Yámana della Terra del Fuoco. "Come poteva essere un aborigeno della Terra del Fuoco" penserai tu "se Jemmy Button è un nome da inglese?" Eh, appunto: una vita complicata.

Quando è adolescente viene prelevato dall'equipaggio di una nave inglese e portato via. No, non l'hanno rapito. L'hanno *regolarmente* comprato dai suoi familiari pagandolo un bottone di vetro. Per questo lo chiamano Button: bottone, appunto. Viene così portato nell'Inghilterra della Rivoluzione industriale. Passa dal Pleistocene, ossia da una tribù di cacciatori e raccoglitori che non conosce l'agricoltura né tantomeno la scrittura, a una metropoli con i treni e i telai a vapore. Un salto avanti antropologico di tredicimila anni.

Dopodiché viene cristianizzato e civilizzato. Impara l'inglese. Soprattutto impara a vivere, vestire, comportarsi come un inglese. Un inglese, anzi – dicono i testimoni del tempo – particolarmente *inglese*, ossia particolarmente elegante e signorile: sempre impeccabile nel vestiario, attentissimo a non macchiarsi la camicia e a non inzaccherarsi le scarpe.

Per l'Europa dell'epoca è una curiosità e un'attrazione. Perciò è invitato nei salotti dell'alta aristocrazia. E, anzi, viene persino portato davanti al re. È divenuto una piccola celebrità. Si è ambientato, insomma. Quello che non sa, però, è che è stato portato in Europa, civilizzato e cristianizzato, a uno scopo preciso. Dovrà fare da esempio e da maestro per gli altri aborigeni, dovrà cristianizzare e civilizzare tutta la sua tribù. E a questo scopo, naturalmente, lo riportano indietro. Il ragazzo, dopo avere compiuto un balzo in avanti di tredicimila anni, passato giusto il tempo di adattarsi e ambientarsi, deve farne un altro, nella direzione opposta, di altri tredicimila anni. Una cosa che, a essere un po' abitudinari, potrebbe quasi dare fastidio.

Conosciamo questa storia perché ce la racconta Charles Darwin. Darwin, infatti, era sul Beagle, la nave che ha riportato Jemmy a casa. Il naturalista ci racconta l'ineccepibile *savoir faire* del signor Button, nonché la crescente costernazione di quest'ultimo mentre la nave viaggiava costeggiando la Terra del Fuoco in direzione del territorio Yámana. Lui, camicia inamidata, guanti, ghette, bastone, scarpe di vernice, guardava con disappunto gli aborigeni nudi, con i volti dipinti. Diceva al resto dell'equipaggio: «Questi sono selvaggi, ma gli Yámana, la mia tribù, sono gente di tutt'altra risma». Finché, a forza di cercare, raggiungono la tribù degli Yámana. E Jemmy deve prendere atto del fatto che sono proprio come tutti gli altri aborigeni della Terra del Fuoco: primitivi.

Darwin ci descrive gli attimi drammatici e comici in cui Jemmy Button ritorna fra i membri della sua tribù. Lui vestito come un perfetto inglese dell'Ottocento. Loro nudi. Sono la sua irriconoscibile gente, i suoi fratelli divenuti estranei.

Gli si appressano bersagliandolo di domande. Ma Jemmy non parla – e non sente parlare – la loro lingua da anni. Sbigottito e confuso, gli si rivolge in inglese. Poi capisce che deve cambiare lingua. Ma è in un tale, disperato marasma che si mette a parlargli in spagnolo. Fa una domanda, sempre la stessa: «*No sabe? No sabe?*» («Non lo sai? Non lo sai?»).

Dopodiché Darwin e i suoi ripartono e lo lasciano lì. È il 24 gennaio.

Prima di passare Capo Horn risalgono lungo l'Atlantico. Poi ridiscendono. È passato oltre un mese, quando incontrano di nuovo Jemmy. Nudo, smagrito, arruffato, con il volto dipinto; è ridiventato in tutto uno Yámana. Agli inglesi si stringe il cuore: gli chiedono se vuole tornare con loro in Europa, nel mondo presente, nelle città che ha conosciuto e che ormai sono per lui familiari. Se vuol ricominciare a vestire panni, e mangiare con posate e parlare e vivere nel modo che ormai era diventato suo.

Jemmy risponde di no, spiazzandoli.

Darwin e i suoi capiscono il motivo di quel rifiuto la sera stessa, quando presenta loro una ragazza della Terra del Fuoco, vestita come una ragazza della Terra del Fuoco (cioè nuda). È sua moglie, la donna di cui si è innamorato. Pur di non abbandonarla è pronto a rinunciare a tutto ciò che ha conosciuto lontano da lì.

La storia di Jemmy Button. Una strana vicenda di viaggi, tecnologia, fuoco e vapore, lingue diverse, incomprensioni e che, soprattutto, proclama l'amore come una forza immane: capace di spianare immensi dislivelli nel tempo, riempire voragini di ben tredicimila anni.

Basta. Dovrei raccontarti altro? In cento modi posso ribadire la stessa cosa. Io sono con te, Selene. Sono con te per sempre. Il mio posto è accanto a te e in nessun altro luogo. Accanto a te sono a casa, anche ai confini del mondo. Persino nel fuoco, mio fuoco.

Tu sei la mia perfezione.

17

In ordine di arcobaleno

Cosa direbbe, di tutto questo, Widmer Buda detto il Buddha? A quale film paragonerebbe tutta questa intricata situazione? Non ne ho idea. Anche perché io, purtroppo, non sono il Buddha. So che spessissimo, persino quando la cosa non sembra avere la minima pertinenza, cita il famoso film *2001: Odissea nello spazio:* soggetto di Arthur C. Clarke, sceneggiatura di Arthur C. Clarke e Stanley Kubrick. In particolare gli piace menzionare la sequenza iniziale: al risveglio, un branco di scimmioni si ritrova di fronte a un grosso parallelepipedo nero comparso dal nulla. Gli scimmioni lo fissano con una certa apprensione, prendono a saltellargli attorno con agilità giustamente scimmiesca, emanano consone urla bestiali, infine gli si avvicinano con trepidante timore.

E, improvviso, accade il miracolo. Di lì a poco i suddetti scimmioni imparano a usare come armi alcune ossa di animali (tibie di tapiro?), diventando cacciatori di gran lunga più efficaci e sbaragliando i rivali nelle risse. Non sono più, pare, semplici scimmioni.

A Pietro è sempre parso che, se la scena voleva rappresentare "l'alba dell'uomo", come è scritto nella didascalia che la precede, la transizione dei nostri antenati da bestioni a umani, il fatidico passaggio da Pliocene a Pleistocene, il tutto sia stato risolto con una certa stravagante disinvoltura.

Tuttavia, secondo Pietro, forse occorre propendere per una lettura allegorica. Forse la scena significa, semplicemente, che non si sa mai, e che è davvero sorprendente scorgere la causa che porta a certi balzi in avanti, a certe evoluzioni, a certe ascese. D'altra parte, come si dice, e come, in effetti, si è già detto anche in questo libro, solo dell'incertezza possiamo essere certi e nulla sappiamo neppure del più immediato futuro.

Per esempio, Pietro quella domenica mattina faceva colazione con sua sorella Patrizia e la nipotina Anita in un piccolo bar del Borgo San Giuliano. Patrizia aveva davanti un cappuccino alla mandorla e una brioche integrale ai frutti di bosco. Pietro una tazzina di caffè, un bicchiere di succo di mirtillo e una brioche vuota.

Anita un piccolo biscotto al cioccolato, appena sboc-
concellato, un quadernone a quadretti e un enorme
astuccio traboccante di pennarelli, colori a cera, evidenziatori fluorescenti, penne biro.

«Dài, Anita, mangia il biscotto, su! Non mi far dan-
nare sempre!» la incalzava Patrizia, tentando di infilarle in bocca il suddetto biscotto. Anita, staccato con gli
incisivi un frammento di pastafrolla, e masticandolo assai distrattamente, tornò subito con gli occhi sull'astuccio. Estraeva i colori e li disponeva sul tavolo, mentre
la mamma e lo zio chiacchieravano. Compiuta l'impresa, richiamò l'attenzione di Pietro: «Sio, sio, vedi, li ho
messi in o'dine di a'ccobaleno».

Pietro guardò Anita, che aveva collocato davanti a
sé sei evidenziatori: uno fucsia, uno arancio, uno giallo,
uno verde, uno azzurro, uno viola, in una passabile ap-
prossimazione dei colori dell'iride.

«In ordine di arcobaleno!» scandì Patrizia. «Questa
è la nuova mania. Ah, non la sapevi tu, ancora? Prende
i pennarelli e li mette in ordine di arcobaleno. Gioca
con i Lego e li mette in ordine di arcobaleno. Prende,
non so, tutti gli elastici per capelli che ci sono in bagno:
in ordine di arcobaleno anche loro.»

«Brava Anita, bisogna mettere ordine nelle cose» annuì Pietro.

Anita stappò il primo degli evidenziatori disposti sul

tavolo e cominciò a disegnare – un arcobaleno, ovviamente – con quell'attenzione quasi surreale in cui possono sprofondare solo i bambini, e che induce gli adulti a parlare di loro come se fossero perfettamente sordi. O come se fossero ologrammi.

«C'è un cartone animato che si chiama *Ruby arcobaleno*, no? E le piace un casino. Allora adesso è giù di testa per l'arcobaleno. Tutte le cose devono essere in ordine di arcobaleno. Ah, l'altra sera l'ho dovuta sgridare. Dovevo portarla da suo padre, eravamo anche in ritardo, e lei invece mi voleva mettere in ordine di arcobaleno tutto l'armadio. Piangi, piangi, l'ho dovuta portare via con la forza!»

Anita, dopo avere tracciato un grande arcobaleno che si allargava generosamente per tutto il foglio, stava disegnando certi omini intenti a salire e scendere dallo stesso, utilizzandolo come se fosse un ponte. Gli omini, va detto per completezza, erano stati diligentemente tratteggiati con pennarelli rossi, arancio, gialli, verdi, azzurri, viola, in un digradare di toni il cui criterio avrete già intuito.

Patrizia prese un altro sorso di cappuccino, poi appoggiò la tazza sul tavolo. Riprese a parlare gesticolando ampiamente. Le guance le si erano fatte rubizze, la risata sul punto di irrompere le arcuava le labbra. Era bella, emanava un'energia disincantata, il calore di un affetto beffardo: «Ieri pomeriggio è stata l'apoteosi della tragedia. È venuta l'Elisabetta, la mia amica, no? Anche lei ha una bambina, la Caterina, che ha l'età dell'Anita, qualche mese in meno. Allora, insomma, le bambine si mettono a giocare insieme. Ovviamente un momento giocano come fossero le migliori amiche dell'universo, un momento dopo sembra che si debbano cavare gli occhi, urla, pianti isterici. Un momento dopo ancora migliori amiche... e avanti così. A un certo punto, dopo un po' che stavano buone, si mettono a disegnare. "Cosa disegniamo, cosa disegniamo?" "Oh" fa l'Anita, "disegniamo l'a'ccobaleno!"».

Ora un riso silenzioso scuoteva Patrizia, che dovette interrompersi, tese la mano davanti a Pietro, come dire: "Aspetta, aspetta, che il bello arriva adesso".

«Insomma, la Caterina prende dall'astuccio il marrone. L'Anita fa: "No, Cate'ina, nell'a'ccobaleno non ci va il ma'one". E la Caterina, secca: "Io ci metto quello che voglio". Alé, tragedia! L'Anita? Ha cominciato a piangere, ma coi goccioloni! "Nooooooo! Nell'a'ccobaleno non ci va il ma'one!" Poi è venuta da me, disperata: "Mamma! Mammaaaa! Nell'a'ccobaleno non ci va il ma'one!" E l'altra che continuava a ripetere "Io ci metto quello che voglio". Ma la dovevi vedere: un delirio!»

Ora ridevano insieme. Anita, che era ben lungi

dall'essere un ologramma e aveva sentito e capito tutto, si giustificava al modo di molti bambini (e di moltissimi adulti). «Basta pa'la'e di me, dài! Sche'zzavo. Mamma, non dicevo sul se'io. Sche'zzavo! Uffa!»

Dopo la colazione si erano salutati. Ora Pietro passeggiava. Arrivò davanti al Tempio Malatestiano, il suo posto preferito di Rimini. Dentro c'è un affresco di Piero della Francesca. Ripensò a Selene. Lo prendeva in giro sostenendo che fosse in grado di apprezzare esclusivamente i dipinti in cui i personaggi sono così composti, levigati e algidi da sembrare androidi, per esempio quelli del Bronzino e, appunto, di Piero della Francesca. Erano le undici passate. C'era la messa. Pietro non entrò per non disturbare la funzione. Rimase a guardare la facciata in piedi, a schiena drittissima. Per un poco immobile.

La luce bianca del mattino si rifletteva sul marmo bianco del tempio e colpiva i suoi occhi azzurri. Chi l'avesse visto da fuori avrebbe forse pensato, per un attimo, a una statua... o a un cyborg.

E invece non era una statua, men che meno un cyborg, e pensava. Guardava il candore della facciata, l'ordine, l'armonia, che era tentato di definire "perfetti". Anche se sapeva che il tempio è incompiuto, che manca tutta la parte superiore, cupola compresa. Confrontando l'edificio con il progetto originario si aveva l'impressione che fosse stato tranciato di netto dalla spada di un gigante. Allora a Pietro venne in mente Muso Gonnosuke, che aveva tagliato di netto la sua arma. E Fosco Maraini, che si era tagliato il mignolo della mano sinistra, e aveva così dimostrato di aver assorbito una cultura lontana dalla sua. E Yasuke, che era diventato parte di un esercito di samurai, un samurai dalla pelle scura in mezzo a tanti samurai dalla pelle chiara. Pensò agli M&M's marroni che, per un motivo apparentemente bizzarro, i Van Halen facevano togliere, facevano tagliare fuori e separare dagli altri. Pensò ad Anita e Caterina, al folle litigio delle due bambine sul colore marrone. Pensò al bagliore e alla tenebra. Al lato oscuro della Luna. Alle vesti scurissime dei praticanti di kendo. All'ottavo *dan*. A Kenichi Ishida, che aveva dovuto imparare a cedere, a spegnere il suo attaccamento alla vittoria, e così aveva davvero vinto. Pensò a tutte queste cose, ancora e ancora e ancora. Finché tutte queste cose divennero una cosa sola.

E allora seppe cosa scrivere.

18
La giusta distanza

Oggetto: Isaac Newton

Selene, luce dei miei occhi,
chi sei? Di cosa sei fatta? Cosa hai dentro?

Quando si scopre qualcosa su un avvenimento prima oscuro, si dice che si fa luce su quell'avvenimento. Quando si scopre la composizione di un oggetto prima misterioso, si dice che si fa luce su quell'oggetto.

Ecco, ma la luce, a sua volta, come avviene, di cosa è composta?

Fare luce sulla luce
Per molto tempo i più eminenti scienziati si sono posti questa domanda.

Cartesio, che certo non era uno stupido, fu il primo a tentare di scomporre la luce nei suoi elementi.

Usò un prisma. E trovò il modo di farci passare dentro un raggio di luce. Un solo, singolo raggio. Il filo di luce entrò nel prisma, deviò per effetto della rifrazione. Anzi, deviò aprendosi, spaccandosi, smettendo di essere un'unica cosa: divenne raggi diversi. Poi i raggi urtarono la seconda parete del prisma, deviando di nuovo, allontanandosi ancora di più gli uni dagli altri. Uscirono dal solido e andarono a stamparsi su un pezzetto di carta sistemato a cinque centimetri dal prisma. Guardando lì, guardando il foglietto, Cartesio vide che la luce bianca era composta da due diverse radiazioni, una rossa e l'altra blu.

Sbagliato. Sbagliato anche se Cartesio era una persona metodica, tanto metodica da essere, appunto, l'autore del *Metodo* (e di molte altre cose). Sbagliato comunque, a dispetto di tutta la sua metodicità.

Dopo Cartesio, fu fatto un altro tentativo da Robert Hooke. Ora, c'è da dire, in quanto a ottica Hooke sapeva il fatto suo. Costruttore di microscopi, fu il primo a osservare le cellule. Il primo, anzi, a chiamarle "cellule". Il suo disegno di una pulce osservata al microscopio è così minuzioso e accurato che compare ancora su molti libri come immagine della pulce (dopo trecento anni!). Insomma, sapeva di cosa parlava, e capì dove aveva sbagliato Cartesio. La distanza: cinque centimetri. Non bastavano. Così fece passare il raggio di luce attraverso un corpo trasparente, questa volta non un prisma, ma un alambicco pieno d'acqua, e osservò il risultato su un pezzo di carta posizionato a sessanta centimetri dall'alambicco. Sessanta centimetri, non cinque! Vale a dire dodici volte tanto. Adesso i colori erano quattro: rosso, giallo, verde, blu.

Ancora sbagliato.

Infine si interessò del problema un certo Isaac Newton. Fece tutto, o quasi, come i suoi predecessori. Anche lui usò un singolo raggio di luce. Anche lui un prisma. Ma pensò di modificare la distanza. Proiettò le radiazioni che uscivano dal prisma su una parete a ben sette metri di distanza. Non cinque centimetri, non sessanta: sette metri.

E finalmente Newton vide la verità. Sotto forma di una striscia d'iride larga circa venti centimetri. Le radiazioni di cui è composta la luce non sono due, non sono quattro. No, sono otto! Otto: rosso, arancio, giallo, verde, blu, indaco, violetto e marrone.

Otto.

Non una di più, non una di meno.

Ecco, dovendo trovare al nostro amore un simbolo, uno stemma, un'allegoria, un vessillo, è senz'altro questo il migliore: gli otto colori dell'arcobaleno. Gli otto bellissimi colori che si uniscono in una cosa sola: la luce bianca.

Tu forse sei lontana, Selene. Ma non importa quanto siamo distanti, amore mio. Perché io so che, dopo la pioggia, alzando gli occhi al cielo tu, da lì, ovunque questo "lì" sia, vedrai un arcobaleno identico al mio. Con gli stessi otto colori: rosso, arancio, giallo, verde, blu, indaco, violetto e marrone. E allora mi penserai.

Sono cambiato, sai? Sono molto, molto cambiato. Ora sono più saggio. Adesso mi è tutto più chiaro. Ho gettato molta luce su tutta la luce.

Vedo tutto il mondo con occhi nuovi. Soprattutto osservo, osservo cose che prima non avrei degnato di uno sguardo. E ascolto, certo. Ascolto cose che prima non mi sarei mai sognato di ascoltare. Ti ricordi che mi prendevi sempre in giro, per la poca musica che sentivo, sempre la stessa? Ti ricordi che ti avevo raccontato la storiella dei Van Halen senza mai (mai!) aver ascoltato un bel nulla dei Van Halen? Invece adesso mi sto informando, studio, mi aggiorno. Certo, voglio sapere tutto del rock!

Ieri ho comprato un disco, un bel vinile. Mi hanno detto che è la base delle basi, che è la vera, sacra pietra miliare delle pietre miliari, il disco più celebre e forse il più bello del rock: *The Dark Side of the Moon* dei Pink Floyd!

Il lato oscuro della Luna, capisci? Non è forse adatto all'occasione? E sai cosa c'è in copertina? Io non ne avevo idea. A scoprirlo sono trasalito. Una cosa che con la Luna non c'entra un bel nulla, in teoria. Assolutamente niente. Il prisma di Newton! Col raggio di luce che entra e si divide. Si divide nell'unico modo in cui si può dividere la luce, ovviamente. Le otto radiazioni fondamentali: rosso, arancio, giallo, verde, blu, indaco, violetto e marrone.

Non è forse così? Certo che lo è.

Cosa sarebbe la luce senza le sue otto radiazioni?

Cosa c'è, hai dei dubbi? Guarda la copertina. Guardala. Conta le radiazioni. Dimmi se sono otto oppure no.

Tu di musica ne sai molto più di me. Ti piace pure, il rock. Guarda la copertina. Sì, lo so che te la ricordi a memoria, la copertina. Sì, ma guardala. Non fidarti dei ricordi. Non fidarti neppure di me. Non fidarti di Newton, non fidarti dei Pink Floyd. Non fidarti di Dio, né di nessun altro. Guarda. Guarda la luce, mia luce.

Mi vedi? Quello sono io. Mi vedi? Chi sono?

Eh, chi sono io davvero? Hai capito, adesso?

19
Storia sbagliata della perfezione

Dopo avere attraversato il quartiere francese, se ne va a fare un giro al mercato Carmel. Si siede da Amalia e ordina uno *shakshuka*. Lo ha già mangiato qui la settimana scorsa. Era coloratissimo e squisito. Le sembra che tutta Tel Aviv sia così: coloratissima e squisita.

Mentre aspetta che la servano, prende in mano lo smartphone. Riflette su cosa fare il pomeriggio. Poi nota che le è arrivata una mail. Può immaginare di chi sia. È venerdì. Non è il momento. Anzi... sì.

Legge.

Poi legge ancora.

Cosa pensare?

La prima cosa che pensa è che non sa, in effetti, cosa pensare.

È impazzito? Si sta prendendo gioco di lei?

Rilegge di nuovo.

Poi capisce.

L'unica volta che lei aveva risposto – l'unica – era la lettera in cui lui aveva commesso un errore. Il numero sbagliato dei prepuzi. E lei, proprio leggendo, aveva avuto un momento di quelli. Gli aveva vomitato addosso tutti gli insulti che aveva potuto escogitare. Dopo, rientrata in sé, si era detta: "Tanto meglio, desisterà". E aveva ripreso il silenzio.

Invece, a quanto pare, non aveva desistito. Ora Pietro se ne usciva con questo errore assurdo: gli otto colori dell'arcobaleno. Era l'ultima, disperata speranza di ricevere di nuovo una risposta, non importava quale. Purché gli scrivesse. Ma non lo avevano allontanato gli insulti, le offese, le ingiurie, lo scherno, l'irrisione feroce? No, evidentemente non lo avevano mosso di un passo. Che lo schernisse, che lo insultasse pure, purché riprendesse il dialogo.

Adesso Selene pensa a un libro della Bibbia. Il libro preferito di Pietro, il libro di Giona. Giona, preso dall'ira, grida contro il cielo chiedendo a Dio di morire. Un'insubordinazione che, per l'etica ebraica, equivale né più e né meno che a una bestemmia.

Dio risponde a Giona: «È fare bene infuocarsi d'ira?». Cioè: "Ti pare il caso di comportarti così?". È una domanda retorica, contiene in sé la risposta: no.

Ma Giona si rifiuta di rispondere e se ne va lontano. Ora è solo, steso in terra, sotto il sole cocente. Dio vorrebbe parlargli. Giona si nega. Tace, ostinato.

Allora, pur di rompere il suo silenzio, Dio tenta di ricondurlo di nuovo all'ira. Gli fa crescere di fianco alla testa un alberello, che gli dia sollievo facendogli ombra. Giona se ne rallegra. Se ne rallegra grandemente. E a quel punto Dio manda all'albero un vento secco che lo fa inaridire e un verme che lo fa seccare. L'albero muore.

Funziona. Giona, sconvolto dalla rabbia, ripete la sua bestemmia. E Dio ripete la sua domanda: «È fare bene infuocarsi d'ira?». Questa volta riceve una risposta, per quanto dura. Il confronto ha ripreso vita.

Ora Pietro stava usando la stessa strategia. Se occorreva un errore per farla rispondere, avrebbe commesso un errore. Ancora più mastodontico e ridicolo del primo. Se era necessario che lei ardesse d'ira, avrebbe affrontato la sua ira ardente. Se era necessario ricevere una pioggia di ingiurie, avrebbe attraversato quella pioggia.

In tutte le lettere precedenti Pietro ha costruito una struttura esatta per cantare l'errore, un prisma adamantino di storie sugli sbagli, una storia perfetta dell'errore.

Non ha funzionato.

Adesso le dimostra che è disposto a gettare via il prisma e ridurlo in frantumi. A ricominciare daccapo. Persino a ritroso. È disposto ad appendersi a testa in giù e scrivere una storia sbagliata della perfezione.

Si è entrato fuori. Si è uscito dentro.

La perfezione non è più lui. È un qualcosa di più piccolo e più debole, qualcosa a cui non essere troppo attaccato. Un luogo da cui occorre sapere uscire. Uno strumento a cui si deve sapere rinunciare.

È davvero disposto a sbagliare, ora.

Lo vede.

Lo vede crescere, ingigantire, farsi immenso.

Lo vede uscire a tentoni maldestri dalle acque e affrontare lo sbaraglio della terraferma.

Lo vede pesce fuor d'acqua, Michelangelo della mente, piccolo Abramo.

Lo vede pronto a spogliarsi di tutto, pure di millenni e millenni di civiltà appresa. Pronto a tagliarsi un dito pur di capirla e di esserne capito. Pronto a strapparsi via un fianco pur di averla al fianco.

Lo vede, con la pelle pallida, il capo splendente, entrare a occhi chiusi nella più spaventosa oscurità.

Lo vede varcare impavido la porta della città di fuoco.

Lo vede disposto a restare abbracciato a lei per sempre, travolti da un eterno uragano come Paolo e Francesca.

Vede tutto questo. E ammette che in tutto questo c'è molta *kavanah*.

Gli occhi le si inumidiscono. Poi, ripensando alla storia degli otto colori, le viene da ridere. Un singhiozzo le si ferma in gola e una lacrima oltrepassa l'orlo delle ciglia. Ma le viene da ridere. Poi, finalmente, la cameriera le serve lo *shakshuka*. E Selene tenta di scuotersi e di ricomporsi.

Il giorno stesso gli ha risposto. Questa volta non per travolgerlo d'insulti.

E la sua risposta ha avuto a sua volta una risposta.

E così via. Cosa si sono detti? Mai mi permetterei di calpestare a tal punto la loro intimità. Si sono detti quello che restava da dire.

Nell'ultima lettera di Selene c'era lo screenshot del biglietto di ritorno Tel Aviv-Milano. E una frase soltanto. Un ordine, o una supplica: "Vienimi a prendere".

E infine è venuto il giorno. Ed è venuta l'ora. Eccolo Pietro, in attesa nella sala degli arrivi. Seduto composto. Fermo. All'aeroporto di Milano-Malpensa. Selene è già atterrata. È appena scesa dall'aereo. Deve ritirare i bagagli. Pietro non può ancora vederla camminare sull'asfalto umido di pioggia fra gli altri passeggeri.

Guardatela, mentre cammina lungo la pista, nell'asfalto luminescente di riflessi, nel crepuscolo che incupisce. Guardatela mentre avanza con passo di donna, non in fretta, non lentamente, bella, i capelli ricci lungo le spalle, ora a testa bassa, ora guardando per aria, cercando chissà cosa con gli occhi.

Con le mani nelle tasche del suo cappotto rosso fuoco. Guardatela. Pensate a cosa dovrà affrontare Pietro, a cosa dovranno affrontare insieme. Ma soprattutto, davvero, guardatela. Non è forse vero che tutto il mondo è stato creato dal desiderio? E che Dio e la Natura sono giovani e seminali? E non vengono forse in mente anche a voi quei versi del *Cantico dei cantici*? Quelli che dicono:

Chi è costei, che sorge come l'aurora?
Bella come la Luna.
Terribile come un esercito schierato in battaglia.

Ringraziamenti

Questo libro ha avuto una genesi così tortuosa e ardua che il suo racconto potrebbe essere una delle storie che Pietro narra a Selene. Il suo racconto, anzi, potrebbe addirittura costituire a sua volta un romanzo. A dimostrazione del fatto che ogni storia ha, a sua volta, una storia. E che ogni narrazione ne contiene altre.

Anche se l'usanza odierna prescrive di indicare sulla copertina di un libro unicamente il nome dell'autore (cosa su cui forse Widmer Buda detto il Buddha avrebbe da ridire), molti sono gli amici senza i quali questo romanzo non avrebbe mai visto la luce. Mi sia concesso stendere almeno un elenco frammentario.

Ringrazio Paolo Sortino, il quale, quando entrambi eravamo giovani, mi spronò a scrivere una storia immensa, che contenesse al suo interno altre storie (le quali contenessero, a loro volta, altre storie), un libro sconfinato che si avvitasse nell'aria come una torre "la cui cima tocchi il cielo". Come le Scritture avevano previsto, fummo dispersi, e appena all'inizio del nostro lavoro. Ma le rovine del materiale che avevo disposto sul suolo ora fanno da fondamenta a questo romanzo.

Ringrazio Paolo Lazzari per avermi parlato di Pietro Zangheri, grandissimo naturalista romagnolo, il cui nome ho preso in prestito per il mio personaggio.

E lo ringrazio, naturalmente, per le meravigliose, infinite chiacchierate notturne su botanica, micologia, geologia, entomologia e sul miracolo che chiamiamo vita.

Ringrazio Axel Arista, il mio primo maestro di arti marziali, per avere impresso un segno indelebile nella mia immaginazione raccontandomi dell'esame di ottavo *dan* di kendo. E per innumerevoli altri insegnamenti.

Ringrazio il M° Silvano Sintini, custode della nobile arte marziale il cui nome è Ono-ha Itto-ryu, per la folgorante riflessione sul *David* di Michelangelo e per tutto quello che so sulla spada tradizionale giapponese.

Ogni eventuale inesattezza su tale argomento contenuta in queste pagine è dovuta alla mia cattiva memoria o alla fallacia del mio intelletto.

Ringrazio Massimo Pulini, eccellente pittore ed esperto di storia dell'arte, per la commovente riflessione sulla grandezza di Michelangelo in pittura.

Ringrazio la poetessa Alessandra Racca che, dall'alto della sua generosa intelligenza, mi ha aiutato a districarmi nel rompicapo di questo libro. Lo ha fatto con pochi, efficacissimi consigli; somministrati come se nulla fosse, durante una colazione in riva al mare, una mattina d'autunno, a Cesenatico.

Ringrazio Guido Catalano, il quale, se ho capito bene (ma non sono sicuro), per anni (per anni!) ha parlato bene di me all'editore Rizzoli. Fino a quando quest'ultimo, vinto dalla curiosità (o persuaso? O sfinito?), mi ha messo sotto contratto commissionandomi questo romanzo. Guido ha fatto ciò, beninteso, senza che io gli dicessi niente (cioè senza la pressione di qualsivoglia minaccia o promessa). E – cosa ancora più strana – senza che lui dicesse niente a me. Ossia, per capirci, ha per anni parlato bene di me "alle mie spalle" (per così dire). Un comportamento di cui, stupefatto, gli ho chiesto più volte ragione. Ragione che, a dire il vero, non ha mai saputo fornirmi in modo convincente.

Ringrazio la mia editor, Arianna Curci, senza la quale avrei scritto un libro più semplice da costruire, ma meno avvincente e felice. Le sono grato per essere stata (per usare le parole di questo libro) un preziosissimo "aiuto contro di me".

Infine, tutti i miei sforzi artistici e i loro frutti mi sono possibili grazie alla comprensione e all'energia prodigati da una creatura misteriosa, la cui esistenza non smette di meravigliarmi e di commuovermi: mia moglie Romina.

DP 0220893054

STORIA PERFET
TA DELL ERROR
E
MERCADINI ROB

BUR
MONDADORI LIB

Finito di stampare nel settembre 2020 presso
Grafica Veneta S.p.A. – via Malcanton, 2 – Trebaseleghe (PD)
Printed in Italy